손을 꼭 잡고 이혼하는 중입니다

손을 꼭 잡고 이혼하는 중입니다

1판 1쇄 인쇄 2023. 07. 27
1판 1쇄 발행 2023. 08. 07

지은이 조니워커
발행인 강미선
편집 강미선 디자인 표지 ARIA 본문 윤미정 일러스트 엘무늬

* 본 도서는 카카오임팩트의 출간지원금을 받아 만들어졌습니다.

발행처 선스토리
등록 2019년 10월 29일 (제2019-000168호)
전화 031)994-2532

값은 뒤표지에 있습니다.
ISBN 979-11-981603-1-7 (03810)

이메일 sunstory2020@naver.com

매일 어김없이 떠올라 세상을 비추는 해처럼
선하고 이로운 이야기를 꾸준히 전합니다.

손을 꼭 잡고 이혼하는 중입니다

조니워커 지음

나의 이혼이 글이 된다면

—

이 마음이 책이 된다면

브런치스토리에 첫 글을 올린 지 벌써 1년이 흘렀다. 글을 쓰기 시작한 후 예상치 못한 일이 많이 생겼다. '2022년 한 해 동안 가장 많은 독자가 읽은 브런치북'에 선정되기도 하고, 포털 사이트 자동 검색어에 내 필명이 뜨기도 했으며, 구독자 14,000명을 넘기는 등, 평범한 삶을 살던 내게 믿기지 않은 놀라운 일들이 벌어졌다. 많은 분들이 읽고 공감해준 이야기는 나의 평범하지만 조금 다른 이혼이 그 시작이었다.

그와 이혼을 준비할 때 가장 먼저 한 일은 책을 찾아보는 일이었다.

요즘 대부분 사람들은 유튜브를 통해 정보를 얻는다는데, 영상은 내가 원하는 속도로 정보를 받아들일 수 없기에 새로운 지식이나 정보를 알고 싶으면 먼저 책을 찾아 읽어본다.

그런데 오프라인 서점에 가서 찾아봐도 인터넷 서점으로 검색해봐도, 의외로 이혼에 크게 도움되는 정보를 찾진 못했다. 이혼 전문 변호사들이 쓴 책이 대부분이었고, 판례를 기반으로 이런 경우에는 이렇게 대응하라는 식의 책이 많았다. 실제 이혼을 겪은 분들이 쓴 에세이도 많았는데, 대부분 감정에 치우친 글이 많아서 나와는 맞지 않았다.

그 당시에는 그런 정보도 물론 필요했지만, 나와 꼭 맞는 책은 아쉽게도 없어서 책을 통해 이혼을 준비하는 기간에 도움을 받은 건 없었다. 하지만 지금 와서 생각해보면, 그때 큰 정보를 얻지 못해서 그냥 내 마음 가는 대로 이혼 과정을 밟은 게 다행이었다. 결국 난 스스로 내 마음을 지켜내며 그와 잘 이별했으니까.

그래서 '차라리 나의 이야기를 글로 써보면 어떨까?'라는 생각이 든 거다.

내가 특이한 이혼을 했다고 생각한 건 아니다. 나의 성격과 상황에서는 최선의 이별을 했구나 정도로만 생각한다.

그런데 세상과 미디어에서는 배우자의 외도로 인한 이혼을 모두 파국과 싸움, 감정의 극한만이 휘몰아치는 것처럼 보여준다. 외도한 배우자는 인간쓰레기 취급을 받고, 시청자와 댓글들도 외도 사실과 관계없는 그 사람의 평소 모습이나 언행까지 모든 것을 부정하고 힐난한다.

난 일부러 더 이혼 과정에서 그런 매체를 보지 않았다. 타인이 나의 감정을 부추기는 걸 받아들일 수 없었으니까. 오직 내가 판단한 대로 움직이고, 내 마음이 시키는 대로 이별하고 싶었다. 결과적으로 나답게 이혼하게 되었고 이 이야기라면 잘 쓸 수 있을 것 같았다.

그리고 나와 비슷한 고민을 가진 분들께 작게나마 도움이 될 수 있지 않을까 싶기도 했다. 이렇게 이혼하는 부부도 있다고. 이런 이혼 사유임에도 서로를 존중하고 배려하며 이혼할 수 있다고.

다행히 내게는 메모하는 습관과 매일 사진을 찍어두는 습관이 있다. 오죽하면 이혼 사유가 발생한 날도, 이혼하러 법원에 간 날도 사진을 찍었을까. 글을 써보면 어떨까 생각한 뒤 지난 메모들과 사진을 찾아보니, 그때의 기억이 꽤 선명히 떠올랐다.

남은 건 나의 용기였다. 아무리 이 상처를 내가 잘 이겨냈고 글로 승화시키기로 마음먹었더라도, 막상 글을 쓰며 다시 한번 그날을 복기하는 건 쉽지 않을 걸 알고 있었다. 내게 그런 용기가 있을지 스스로에게 물을 수 밖에 없었다.

이 마음이 글이 된다면, 내 기억이 책이 된다면, 어떤 결과가 나올지 걱정도 되고 기대도 된다. 그래도 일단 해보기로 마음먹었다. 그게 그와 나의 이별을 잘 마무리하고, 다음 한 발을 내딛는 과정이 될 거라고 믿었으니까.

평생의 반려자라고 생각했던 사람과 최선을 다해 이별하는 과정을 써내려 가면서 결국 내가 하고 싶었던 이야기는 하나였다. 삶에서 중요한 선택을 할 때, 가장 먼저 생각해야 할 건 그것이 나다운 선택인지, 자기 자신의 미래를 위한 것인지 꼭 생각해봐야 한다는 것이다.

책을 읽는 독자들에게 이 메시지가 전달될 수 있기를 바라며, 나의 이혼 이야기를 담담히 시작해보려 한다.

차 례

Chapter 1 처음 찍은 답이 정답이 아닐지라도

Chapter 2 이혼하고 같이 삽니다

Chapter 1

처음 찍은 답이 정답이 아닐지라도

벚꽃이 떨어진 날,
그의 세 번째 외도와 마주했다

———

운수 좋은 날

이른 봄비로 갓 꽃망울이 터져나오던 벚꽃이 일시에 무너져내린 주말, 그의 세 번째 외도를 알게 되었다.

그날은 유독 날이 좋았다.

여느 주말과 같이 내가 먼저 눈을 떠서 세탁기를 돌리고 고양이 두 마리의 아침을 챙겨줬다. 꼬리를 부르르 떨며 다가오는 고양이들을 보니 저절로 웃음이 났다. 함냐 함냐 밥을 먹는 모습을 보고, 거실 창문과 부엌 창문을 열어 환기를 시켰다. 창밖으로 보이는 하늘이 참 파랬다.

그가 11시 반쯤 느지막이 안방에서 부스스한 모습으로 걸어나왔다. 그 모습도 여느 때와 다름없었다. 결혼 초반에 그는 일어나면 나에게 다가와 껴안고 뽀뽀하며 아침 인사를 했지만, 어느덧 결혼 7년차인 우리 사이에 이제 그런 모습은 없다.

어제 시댁에 갔다 오느라 주말에 해야 할 집안일이 밀려있었지만, 점심부터 먹자고 하며 대충 옷을 입고 문을 나섰다. 내가 사는 동네는 일요일에 문을 여는 식당이 많지 않아서, 30분 정도 걸어가 새로운 맛집을 찾아보기로 했다. 워낙 잘 걷는 우리라서 30분 거리는 동네 산책처럼 가벼웠다. 난 그런 우리 부부가 참 잘 맞는다고 생각했다.

아파트 단지를 나와서 내가 좋아하는 동네 뒷길을 따라 걸어가는데, 집에서 볼 때보다 훨씬 하늘이 아름다웠다.

"하와이 하늘 같아."

내가 말했다.

"하와이는 이거보다 더 파랗지."

그가 답했다.

나라고 그걸 왜 모르겠는가. 그 정도로 참 아름답다는

표현이었는데, 역시 사실 기반으로만 말하는 그다웠다.

　식당을 향해 가는 길은 인적이 드문 조용한 동네 골목길인데, 봄이 되면 벚나무가 정말 아름답게 길을 수놓아 저절로 행복해지곤 했다. 바로 전날, 예상치 못한 장대비가 쏟아져 벚꽃의 절정이 한순간에 꺼졌을까 걱정했는데, 그래도 아직 강인하게 생명력을 뽐내는 꽃잎들이 남아있었다. 비에 젖어 힘없이 주저앉은 꽃잎들은 마치 분홍빛 카펫처럼 보였다. 마지막까지 자신들의 아름다움을 기억해달라고 소리 없이 외치는 것 같았다.

　그 길을 한 걸음 한 걸음 걷는 것만으로도 동화 속 주인공이 된 듯한 로맨틱한 기분이 들었다. 이런 내 감상을 말했더니, 그는 역시나 무덤덤하게 "그러게."라고 대답할 뿐이었다.

　새로 찾아간 라멘 맛집은 유명세답게 줄이 길었다. 그래도 회전율이 빨라서 30분도 안 되어서 음식을 받을 수 있었고, 기대보다 훌륭한 맛이라 행복해졌다. 다만 인당 하나씩 추가한 차슈 때문에 배가 많이 불러서, 집으로 걸어가는 발걸음이 조금 무겁고 느려졌다.

아무리 배가 불러도 식후 커피는 빼놓을 수 없었기에, 그가 좋아하는 메이플 라떼를 파는 카페로 갔다. 상수동 작은 길가의 카페인데 테이블과 의자도 예쁘고, 식물을 적절히 다양하게 배치해 놓아서 공간 자체가 주는 즐거움이 있는 장소다. 테이크아웃 할 커피를 기다리는 동안, 빈 창가 테이블에 앉아서 밖을 보는데 이미 많이 앙상해진 벚나무가 눈에 들어왔다. 지난주 한적한 평일 낮에 카페에 와서 시간을 보냈다면, 흐드러지게 핀 벚꽃 덕분에 참 몽글몽글 행복한 기분이 들었겠구나 싶었다.

두 시간의 꽤 긴 점심시간을 마치고 집으로 돌아온 우리는 지체할 틈 없이 집안일을 시작했다. 마침 어제 비로 취소되었던 프로야구 개막전이 시작되어 야구 경기를 틀어놓고 각자 할 일에 집중했다. 건조를 마친 빨래를 접은 뒤, 고양이 화장실 모래를 버리고 물청소를 했다. 그는 내가 치운 곳 주변부터 청소기를 돌리기 시작했다. 나는 고양이 화장실 청소를 마친 뒤, 분리수거를 하려고 손톱 끝을 이용해 택배 박스에 붙은 테이프와 운송장을 하나하나 벗겨 나갔다. 아침에 이미 내 몫의 집안일을 해둔 상태였기에 한 시간 정도 집안일을 하니 그날 나의 청소 분량은 끝이 났다. 그는 물걸레 청소까지 해야 해서 끝나려면 30분가량 남은 상태였다.

"여보 난 나가서 뛰고 올게요. 날씨가 좋아서 낮에 갔다 오려고."

"응, 그래요. 난 오늘은 운동 안 하려고. 피곤하네. 다녀와요."

7년차 부부가 모두 그렇지는 않겠지만, 우리는 서로의 취향과 기호를 존중해주는 편이다. 연애할 때는 서로의 취향에 맞추어 영화를 보곤 했다. 특히 내가 그의 취향에 많이 따라갔다. 어떤 것을 좋아하는 사람인지 궁금했기에 기꺼이 그가 보고 싶어하는 영화를 선택했다. 그렇게 따라 본 영화 중에는 내게도 참 좋았던 작품도 있고, 썩 맞지 않는 영화도 있었다. 그렇게 서로의 취향을 충분히 알게 된 이후에는 각자 좋아하는 영화를 보는 것으로 암묵적인 합의를 했다. 그가 좋아하는 SF, 괴수물 장르는 내 취향이 아니고, 내가 좋아하는 드라마, 스토리 중심의 영화는 그와 맞지 않았다.

참 다른 취향을 가진 우리지만 그럼에도 잘 지냈던 건

상대방에게 서로의 취향을 강요하지 않았기 때문이다. 물론 늘 그랬던 것은 아니지만, 날 좋은 주말에 스스럼없이 혼자 훌쩍 운동을 나올 수 있는 것도 우리의 이런 삶의 패턴 덕분이다.

오후 4시 반쯤 밖에 나오니 아까 봤던 파란 하늘은 구름에 가려 흐려졌지만 여전히 바람이 좋고 온도가 좋았다. 가벼운 발걸음으로 한강까지 걸어갔다. 평소에는 저녁 9시경 한강을 뛰곤 했는데, 오후에 나와보니 한강에 사람이 이렇게 많았나 싶었다. 아마 다들 나와 비슷한 마음으로 차마 집에만 있기 아까워서 나온 거겠지. 집에서 망원한강공원 끝까지 뛰어갔다 돌아오면 딱 7킬로미터인데, 최근 한 달간 꾸준히 뛴 덕분에 40분 내로 달리기를 마쳤다. 기록이 많이 단축되어 뿌듯한 마음이 들었다.

달리기를 마치고 집에 오니 그는 청소를 마치고 책을 읽고 있었다. 그의 회사 팀장이 선물해준 책인데, 해외 1위 기업은 어떻게 일하는가에 대한 전형적인 비즈니스 관련 도서였다.

그는 그때 나름 큰 도전을 준비 중이었다. 9년간 다닌 직장을 퇴사하고, 계열사로의 이직을 준비하고 있었다. 다니던 회사도 좋은 직장이었지만, 조직에 실망한 부분이 있었고, 스스로 업무 발전도 더디다고 생각해서 결심을 굳힌 듯했다. 그는 평소 책을 읽지 않는 사람이었지만, 새로운 도전 과제가 생기거나, 생각의 전환이 필요할 때는 책을 꺼내 읽는 편이었다. 책을 읽고 있는 걸 보니, 지금이 그에게는 인생의 중요한 전환점인 듯했다.

저녁은 밀키트로 사놓은 음식을 해먹었는데, 생각보다 맛이 좋아서 기분이 좋아졌다. 러닝을 마치고 마트에 들러 사온 3팩에 만원짜리 끝물 딸기도 적당히 달콤하고 싱싱해서 후식으로 딱 좋았다. 나는 설거지를 하고, 그는 조금 전 정리해놓은 재활용 쓰레기를 버리러 나갔다.

여기까지는 여느 때와 정말 놀라울 만큼 똑같은 일요일 풍경이었다.

설거지를 마치고 핸드폰을 가지러 안방으로 들어갔다. 내 폰 옆에 그의 폰이 놓여 있었다. 왜일까? 그날따라 왠지 그의 핸드폰이 신경 쓰였다. 그의 폰 비밀번호는 내 생일. 어렵지 않게 열었다.

별다른 내용이 없어 보였는데, 아이폰에서 제공하는 기능 중 하나인 주간리포트가 눈에 띄었다. 가장 많이 쓴 앱이 표시되었는데, 구글 행아웃이라고 나왔다.

'행아웃을 가장 많이 쓴다고……?'

자연스럽게 앱을 열었다.

유독 눈부시고 평화롭고 꽃 같던 4월 첫째 주 일요일 저녁, 그렇게 나는 그의 세 번째 외도와 마주했다.

변명도 안 나오는 상황이
바로 지금

고마워요. 거짓말해줘서

한 번도 아니고, 두 번도 아니고, 무려 세 번째 그의 바람이었다. 상대방 여자는 내가 이미 너무 잘 아는, 그의 첫 번째 두 번째 바람 상대, 그의 첫사랑이다. 이젠 어떻게 대처해야 할지 익숙해졌을 정도라 웃음이라도 터져나와야 하지 않나 싶을 정도였다.

그런데도 첫 번째 두 번째와 똑같이 순식간에 심장이 쪼그라들었다. 그 쪼그라든 심장이 다시 펴지지 않은 상태로 바싹 말라가는 것 같았다.

인간은 반복되는 아픔에 적응한다고 하지 않았던가?

세 번 정도는 반복에 들지 못하는 건가?

왜 오히려 점점 더 괴로운 걸까?

그의 폰을 바라보는 채 몇 분도 되지 않는 짧은 시간 동안 수많은 생각이 스쳐지나갔다.

그가 처음 바람피운 것을 들킨 건, 놀랍게도 결혼 후 반년밖에 지나지 않은 때였다. 나와 결혼한 지 얼마 되지 않았을 때, 그의 첫사랑으로부터 카톡이 왔다고 한다. 그때만 해도 그 여자는 죄가 없었다. 그가 결혼했다는 걸 모르고 그냥 구남친에게 연락했던 것뿐이니까. 그런데 그가 결혼 사실을 숨기고 몰래 만나기 시작했던 거다. 그러다 나에게 들통난 이후, 자기가 만나던 남자가 기혼자라는 걸 알게 되었고 나에게 미안하다며 사과도 했다.

그때만 해도 그 여자가 무슨 죄가 있겠냐며 난 그녀를 동정했다. 지금 생각해보면 누가 누구를 동정한 건지, 우스운 일이다.

그의 두 번째 바람 상대 역시 그 여자였다. 이제 그 여자는 드라마 <부부의 세계> 속 여다경이다. 내가 지구상의 모든 사람에게 저 년은 천하의 쌍년이라고 당당히 욕할 수 있는 여자가 된 거다.

한 번도 아니고, 두 번. 그때 이혼을 안 한 게 나의 가장 큰 실수였을지도 모른다.

왜 두 번이나 바람피운 남편과 헤어지지 않았느냐. 이 질문은 아직 누구도 나에게 하지 않았다. 왜냐하면 그 누구도 모르니까. 가족들은 아직도 내가 남편의 두 번째 바람 이후 이혼했다고 알고 있다.

나도 안다. 두 번째 알게 되었을 때 이혼 안 한 내가 멍청이라는 걸. 웃기지만 그때까지도 내게 그를 사랑하는 마음이 남아있었던 거다.

좋은 남자였다. 착하고, 성실하고, 능력 있고, 똑똑하고, 어른에게 예의 바르고, 어린 사람들한테도 친절하고, 술 담배도 하지 않고, 회사에서도 철벽남에 애처가로 소문난, 좋은 남편이고 좋은 남자였다. 바람을 피운 기억만 내 머릿속에서 삭제하면 '이렇게 좋은 남자를 내 인생에서 또 만날 수 있을까?'라는 생각이 들 정도였다. 99가지의 장점이 있는 사람이니, 1가지의 단점 정도는 잊히겠지, 가려지겠지, 그렇게 생각했다. 그 당시에는.

"삐삐삐삐 — 철컹."

분리수거를 하러 나갔던 그가 집으로 돌아왔다. 난 1초
도 시간을 낭비하고 싶지 않아서 돌아온 그를 바로 불러 세워
서 물어봤다.

"나한테 할 얘기 없어요?"

그는 갑자기 영문을 모르겠다는 표정으로 눈을 동그랗
게 떴다.

"무슨?"

난 피식 웃으면서 온화하게 말했다.

"아직 그 여자랑 만나고 있잖아요."

"무슨 소리야? 아니야."

0.1초도 망설이지 않고 나오는 그의 거짓말.

고마워요. 덕분에 이제 정말 당신과 이별할 수 있을 것
같네요.

한 달의 유예기간을 드립니다

———

나를 위해, 아니면 너를 위해

    그의 발뺌은 이번이 처음이 아니기에, 처음부터 냉정할 수 있었다. 아니, 냉정한 척할 수 있었다. 그에게 바로 폰을 들이밀며 말했다.

    "왜 또 거짓말해요?"

    자신의 폰에 드러난 외도의 증거를 보여주자, 그의 눈빛이 흔들렸다. 이내 체념한 표정으로 시선을 내리고 아무 말도 하지 못했다.

    "세 번째네? 이제 더는 안 되는 거 알죠? 헤어지자."

    그는 고개를 번쩍 들며 세차게 고개를 흔들었다.

"아니야. 아니야. 내가 잘못했어. 헤어지자는 말은 하지 마."

울먹이는 목소리로 애원하는 그를 봐도 이제 정말 더는 어찌할 수 없었다.

"한 번도, 두 번도 아니고, 세 번이에요. 내가 그렇게 병신처럼 보여요? 하긴, 병신 맞지. 내가 얼마나 우스웠을까."

자조 섞인 말 따위 하고 싶지 않았지만, 그 순간 내 솔직한 심정은 그랬다. 세상에 이런 병신이 또 있을까. 대체 뭘 기대하고 뭘 꿈꿨던 걸까.

"아니야. 그런 말 하지 마, 자기야. 내가 잘못했어. 내가 다 잘못했어."

울음이 터지기 직전의 눈과 떨리는 목소리.

그래, 당신이 지금 진심으로 사과하는 거 알아요. 하지만 나도 지금 진심이에요. 이제 정말 더는 내가 너무 머저리 같아서 안 되겠어.

일요일 저녁이었고, 난 다음 날 출근해야 했다. 그는 재택근무 중이었다.

"난 지금 당신을 보고 싶지 않으니까 나가요. 내가 잘못한 게 아니니 당신이 나가요. 내일 내가 출근한 다음 집으로 돌아오든 그건 당신 마음대로 하고, 지금은 내 눈에 띄지 마요."

할 말이 없는 그는 망설이다가 지갑과 노트북만 조용히 가방에 챙겨 집을 나섰다. 고양이들과 나만 남은 집. 순간 적막이 흘렀다.

당연하게도 잠은 한숨도 오지 않았고, 힘들게 잠깐 잠이 들었다가도 소스라치게 놀라며 잠에서 깼다. 눈물이 터져나왔고, 깊은 새벽이 너무 길게 느껴졌다.

"과장님, 눈이 왜 그래요? 엄청 부었는데요?"

다음 날 출근했더니 퉁퉁 부은 내 눈을 보며 동료들이 걱정스럽게 물어봤다.

"아아, 고양이 털 때문에요. 가끔 이렇게 알레르기 반응이 나오더라고요."

내가 웃으며 말하니 동료들도 함께 웃었다.

세상에서 가장 이상적이고 사이 좋은 우리 부부에게 어제 그런 일이 벌어졌을 거라고는 그 누구도 상상하지 못할 테지.

　퇴근 후 집으로 돌아오니 그가 있었다. 당연하게도 몰골이 말이 아니었다. 서로 저녁을 먹을 정신 따위는 없었다.

　"우리 얘기 좀 할까? 집은 답답하니까 나가서 좀 걷자, 여보."

　평소처럼 다정한 말투로 말을 걸어오는 그. 어디 무슨 말을 하려고 하나 들어봐야지.

　우리의 단골 산책 코스인 한강으로 걸어갔다. 집에서 도보 5분 거리에 있는 한강은 내가 가장 좋아하는 러닝 장소이자 힐링 장소였다. 또 그의 첫 번째 외도를 알게 되었을 때 같이 걸었던 장소이기도 했다. 이것도 무슨 루틴처럼 굳어진 건가, 우습다는 생각이 들었다.

　봄밤, 날이 너무 좋았다. 10분 정도 말없이 걷다가 그가 입을 열었다.

　"그 사람한테는 내일 퇴근하고 바로 가서 헤어지자고 말하고 올게요. 진작 끝냈어야 하는 관계인데, 내가 미련해서 ……. 끊어내는 걸 잘 못해서 여기까지 와버렸어. 다 내 잘못

이야."

그래, 당신 잘못이지. 그리고 그 여자도 똑같이 내게 죄를 지었고.

"정말 염치없는 거 너무 잘 알지만, 한 번만……. 한 번만 더 기회를 줘. 이런 말 하는 것도 정말 부끄럽지만 난 자기랑 못 헤어져. 제발……."

애원하는 그를 보고 또 심장이 쿵 내려앉았다. 하지만 이 마음은 지난번처럼 사랑하는 마음이 남아서가 아니었다. 지난 7년간 함께한 우리 관계에 대한 연민, 결국 이렇게 끝나 버릴 인연 때문에 내 젊은 시절을 아깝게 버린 나 자신에 대한 연민, 그리고 되돌릴 수 없는 이 상황에 대한 안타까움. 모든 게 뒤섞인 감정이었다.

전날 그의 외도를 알게 됐을 때만 해도, 단호하게 당장이라도 이혼 절차를 밟자고 말하고 싶었다. 더 이상 시간 낭비를 하고 싶지 않았으니까. 하지만 하루 사이에 내 머리는 꽤 냉정해졌고, 어차피 이혼할 거라면 좀 더 알아본 뒤에 절차를 진행해야겠다는 생각도 들었다.

아니, 이건 내 합리화다. 난 또 멍청하게 그의 애원에 마음이 약해졌다.

"한 달…… 한 달의 기간을 줄게요. 그 사이 당신도 나도 마음을 정리해요. 이게 당신과 다시 잘 해보려는 신호는 아니에요. 그냥 우리가 같이 지내온 시간이 있고, 그게 겨우 하루 이틀 사이에 정리될 마음은 아닐 테니까. 한 달간 각자 생각 좀 하고 다시 얘기해요."

그는 조금 밝아진 얼굴로 내 손을 꼭 잡았다. 그에게 희망 고문을 시켜버린 걸까. 하지만 그렇다 한들 그 누가 나를 욕할 수 있을까. 오히려 이 친절한 내 말투를 가슴 치며 답답해하겠지.

이 멍청한 여자야, 정신 좀 차리라고.

나를 구해낼 사람은
나뿐이니까

마지막이라는 말 따위 믿지 않아

전날 한강에서 말했던 대로 그는 퇴근 후 그 여자에게 작별 인사를 하고 오겠다고 했다. 어차피 의미 없는 일, 믿지 않을 마지막 인사. 그게 다 무슨 의미가 있나 싶었다.

그 여자는 그와 6년 넘게 사귀었던 첫사랑이었다. 오래 사귄 여자친구가 있었다는 건 그와 연애하던 때 이미 들어서 알고 있었다. 그 얘기를 들었을 때는 오히려 '사람이 진중하니 좋네.'라고 생각했다. 초반의 뜨거운 감정이 사라져도 서로 신뢰하며 오래 관계를 쌓아본 경험이 있다는 뜻이니까.

헤어졌던 이유도 들었다. 대학생 때 만나서 연애했지만 사회생활을 하면서 자연스레 멀어졌다고. 결혼까지 이어질 인연은 아니었다고. 그 말을 들었을 때는 그런가 보다 했다. 나 역시 여러 연애를 했고, 오래 사귄 연인도 있었다. 서로 어린 나이가 아니니 과거에 사귄 사람이야 아무려면 어떠냐 생각했다. 그때는.

외도의 상대가 그 여자라는 걸 알았을 때 정말 많은 생각이 들었다. 겨우 2년도 안 만난 나는 끼어들지도 못할 둘 사이의 애틋한 감정이 생겨난 거라면 어차피 내 자리는 없을 거라 생각했다.

그리고 원망스러웠다. 그는 내 성격을 잘 알고 있었을 거다. 다른 여자가 좋아져서 헤어지고 싶다고 말하면, 단 한 번의 재고 없이 바로 헤어져줬을 나라는 걸. 위자료만 내가 원하는 만큼 받으면 그 후 원만한 협의이혼이 진행되었겠지.

오히려 그런 내 성격을 잘 알았기에 그가 숨겼던 거라고 느껴졌다. 그는 나와 헤어지고 싶어 하지 않았으니까. 세 번이나 외도를 하면서도 나를 놓지 못한 이유를 자신도 알고 있었던 거다. 평생 함께 살고 싶은 여자는 나라는 걸. 20대 젊은 시절의 아름다운 추억과 애틋한 감정으로 그 여자와 만나면서도, 결국 자기가 돌아갈 곳은 나라는 걸.

정말 흔해 빠진 바람피우는 놈들의 레퍼토리다.

"내일 가서 말하고 올게요. 진짜 끝내고 올게."

그가 그 여자와 끝내겠다며 다녀오는 것도 세 번째다. 그래서 마지막으로 정말 끝내고 오겠다는 이번 말도 하찮게 다가왔다.

"당신 성격상 그 여자가 울든, 당신이 울든, 결국 마음이 약해져서 또 반복할 거라는 거 알고 있어요. 쓸데없는 짓 하지 않아도 돼요. 나랑은 어차피 이혼할 거니까 그 여자랑 계속 만나요."

진심이었다. 어차피 이혼할 사이, 헤어진 뒤 그 둘이 사귀든 결혼을 하든 내 알 바 아니었다. 불륜을 저질렀던 사람들끼리 과연 얼마나 서로를 신뢰하며 행복하게 살 수 있겠는가. 남에게 상처 준 사람은 반드시 벌을 받게 될 거라 믿었다.

"아냐. 설령 자기랑 결국 헤어지게 되더라도, 그래도 이 관계는 끝내는 게 맞아요. 진작 끝냈어야 하는 인연인데, 내가 미련해서 여기까지 와버린 거야. 자기랑 이혼을 하든 안

하든 헤어지고 오는 게 맞을 것 같아요."

"그건 당신이 알아서 해요."

냉정하게 말했지만, 그래. 사실 그때 내 마음은 전혀 냉정하지 않았다. 하지만 그 순간 냉정한 척, 침착한 척이라도 하지 않으면 무너져내릴 것 같았다. 머릿속으로는 그에 대한, 그 여자에 대한 심한 욕과 저주가 쏟아지고 있었지만, 그 말을 입 밖으로 다 뱉을 수는 없었다. 더러운 말을 뱉어서 그들을 욕하는 순간 나도 똑같이 더러운 사람이 되는 기분이 들 것 같아서였다.

하지만 한편으로 그러면 좀 어떤가, 저들이 나에게 한 짓은 비교도 안 되게 추악한데. 지금 내 입이 더러운 말을 뱉는다 한들 누가 나를 욕할 수 있을까 생각했다. 그런 수많은 고민과 망설임이 있었고, 참지 못하고 몇 마디 하다가도 아차 싶어서 멈추곤 했다.

속으로 진정시키고, 괜찮다고, 괜찮다고.

괜찮지 않은데, 당연히 괜찮지 않은데, 그래도 괜찮다고.

너는 이런 일로 무너지지 않는다고. 저 추악한 두 사람이 너를 망칠 수는 없을 거라고.

　그렇게 스스로 되뇌며 자기 최면을 거는 시기였다. 시궁창 같은 늪에 이미 목까지 빠져있지만, 어떻게든 얼굴을 위로 치켜들고 그 늪에 빠지지 않으려고 발버둥치는. 어떻게든 이 늪에서 나를 구해내겠다며 혼자 눈물겹게 애쓸 수밖에 없는.

희망여행 또는
작별여행

마치 처음 연애를 시작한 때처럼

그에게 준 한 달의 유예기간은 내 나름대로 기준이 있었다. 보통 이혼 신청하러 법원에 가면 자녀가 없는 부부에게는 한 달의 숙려기간을 무조건 갖게 한다. 국가가 정한 1개월. 그 정도면 부부의 마음이 바뀔 수도, 더 확고해질 수도 있는 기간이란 뜻이니까. 그 정도 기간이면 나의 마음이 어느 쪽으로든 정해질 거라고 생각했다.

반면 그는 한 달 사이에 어떻게든 달라진 모습, 노력하는 모습을 보일 생각인 듯했다. 그 여자에게 작별인사를 하고 온 뒤 모든 저녁을 나와 함께 보내려고 했다. 회사 회식조차 참석하지 않고 집으로 왔다. 주말마다 안 가본 곳으로 데이트 하러 가자고 했고, 맛있는 걸 먹으러 가자고 했다.

원래 이러던 사람이 아니었다. 아니, 더 정확히는 연애할 무렵과 신혼 초반에만 이런 모습이었다. 점차 서로에게 익숙 해지고 편해지며 크게 노력하지 않았던 그가 티 나게 노력하 고 최선을 다하는 걸 보니 뭐랄까, 한편으로는 우습고 한편으 로는 애잔하고, 한편으로는 화도 났다.

"이번 주말에 올림픽공원 갈까? 자기 거기 좋아하잖아."

내가 연애 초반부터 같이 가고 싶다던 공원이다. 늘 너 무 멀다며 근처로 가자고 하거나 귀담아 듣지 않고 그냥 넘어 갔으면서 6년이나 지나 말하는 그를 보니, '못 하는 게 아니라 할 의지가 없었던 거구나. 그동안 나에게 노력을 기울이지 않 았던 거구나.'라는 생각이 들었다.

하지만 서운하지도 않았다. 그에게 아무 기대가 없으니 놀라울 만큼 내 감정은 평온했다. 그저 슬프고 체념한 눈으로 그를 바라보며 그러자고, 가자고 대답할 뿐이었다.

"다음 주말에는 가까운 곳으로 여행 갈까? 1박으로 가평

같은 데 가면 어때요?"

우리 부부는 차가 없었다. 연애할 때부터 없었고, 어차피 둘 다 서울이 직장이고 걷는 것도 좋아해서 차 없이 잘 살아왔다. 하지만 유일하게 여행을 다닐 때는 차가 아쉬웠다. 물론 차 없이도 다닐 수 있었지만, 전국 구석구석을 여행하기에는 한계가 있었다. 그 때문에 우리는 국내 여행을 거의 가지 않았다. 제주도도 연애할 때 갔던 게 마지막이었을 정도니까. 그래서 그가 먼저 여행 얘기를 꺼낸 건 정말 뜬금없고 낯설었다.

가평의 글램핑장을 얘기하며 지도를 봤는데 ITX를 타고 간 뒤 걸어서 도착할 수 있는 위치였다. 도보로 30분이나 걸리니까 일반적으로는 그 누구도 걸어가지 않을 거리다. 우리 부부는 30분 정도는 쉽게 걷는 편이라 참 잘 맞는다고 생각했다. 아마 이렇게 잘 걷는 남자는 쉽게 만나기 힘들겠지.

가평행 열차를 타고 가며 이런저런 얘기를 나누었다. 이혼과 관련된 얘기는 그날 이후 서로 꺼내지 않고 회사 얘기나 친구 얘기 등을 하며 걸어갔다.

바람 피운 남편과 이렇게 여행을 온다는 것 자체가 말이 안 되는 일이라는 걸 안다. 누가 들으면 여기가 할리우드냐고 어이없다 할 테지.

이 여행은 내가 그에게 주는 마지막 선물이었다. 이 한 달 사이에 가능하면 그가 하고 싶은 일, 가고 싶은 곳에 모두 함께해주려고 했다. 그것이 함께 7년을 보낸 그와 이별하는 나만의 방식이었다. 물론 그는 이 여행을 내가 함께해줘서 희망을 가졌을지 모른다. 아마 그랬을 거다.

여행지에서 그는 먼저 나서서 내 사진을 열심히 찍어줬고, 둘이 셀카도 찍자며 먼저 폰을 들었다.

'6년간 한 번도 내가 먼저 부탁하지 않으면 사진을 찍어주지 않더니……. 이것도 할 수 있었구나, 당신.'

또 씁쓸한 웃음이 스며 나왔다. 그 여행에서 찍은 사진 속 내 얼굴은 다시 들춰보고 싶은 즐거운 표정이 아니었다. 모두 슬픈 표정의 사진들. 그마저도 추억으로 남을지 아직까지는 잘 모르겠다.

글램핑장에서 바비큐를 구워 먹고, 보드게임을 한 다음 한 침대에서 잠을 청했다. 잠이 살짝 들려고 하는데 그가 뒤에서 나를 안으며 속삭였다.

"날 버리지 마. 날 버리지 마요……."

밤새 그 말을 주문처럼 외는 그의 목소리를 들으면서도 나는 못 들은 척, 잠이 든 척 아무 대답도 하지 않았다. 내가 더는 해줄 수 있는 게 없었다.

한 달의 유예기간은 곧 끝이 난다.

이별하는 세 가지 방법

내 마음을 정할 시간

약속했던 한 달이 끝나가고 있었다.

그도 나도 그날이 다가오고 있음을 알고 있었지만, 둘 다 입 밖으로 꺼내진 않았다. 그는 내게 오직 다정하고 상냥하게 대했다. 원래도 그런 사람이었는데 거기에 노력이 곁들여지니 이보다 더 훌륭한 남편감이 있을까 싶을 정도였다.

그의 상냥함과는 별개로 내 마음속은 수많은 생각들로 복잡한 상태였다. 이 기간 내에 나는 세 가지 방법 중 하나로 마음을 정해야 했다.

첫째, 그의 세 번째 외도를 눈감아주고 이 상냥하고 능력 있는 남편과의 결혼생활을 지속하며 삶의 질을 유지하는 방법이다.

가장 미련한 방법이지만, 세상에는 이 방법을 선택하는 사람들이 의외로 많다고 들었다. 특히 자녀가 있는 부부라면 이런 선택을 하는 경우가 많지 않을까 싶다. 나를 약간 힘들게 하는 시댁 문제와 이번 사건을 제외한다면 그와의 결혼생활은 놀라울 만큼 평화롭고 이상적이고 순조로웠기에, 결혼생활을 유지하는 방법을 선택하는 게 불가능하지는 않았다.

정말 많은 고민을 했음에도 이 선택지를 제외했던 이유는 내가 나 자신에게 이렇게 물었기 때문이다.

"네가 너답게 사는 방식이 뭐야? 남편의 부도덕함을 참고, 아무에게도 말 못 할 비밀로 네 속만 곪아가는 삶이 정말 너답게 행복하게 사는 방식이야?"

대답은 당연히 NO. 내가 나를 망칠 수는 없었다.

둘째, 그의 인생도 상간녀의 인생도 망가지도록 최악의 이별을 준비하는 방법이다.

가장 통쾌한 복수 방법일 수 있겠다. 이것 역시 현실적으로 충분히 가능하고, 많은 사람이 선택하는 방법이다.

하지만 이혼에 대해 조금만 알아보면 이 방법에는 굉장히 많은 위험이 있음을 알 수 있다. 사실적시명예훼손이라는 법에 걸려서, 내가 만약 그의 회사에 알리거나 상간녀의 회사나 집에 가서 이 사실을 알려 복수하면, 그들은 나를 명예훼손죄로 고소할 수 있고 잘못하면 내가 형사처벌을 받게 된다. 한 사람의 인생을 완전히 망가트려 놓은 죄인들인데, 대한민국 법은 그들의 명예를 참 열심히 보호해준다.

그렇다면 법으로 나를 보호할 장치가 전혀 없는가? 그렇지는 않다. 민사소송을 통해 위자료를 최대한 챙기는 방법이 가능하다. 정신적, 심리적 보상 방법은 없으니 금전적 보상은 해주겠다는 거다.

하지만 나의 경우엔 충분히 받지 못할 확률이 높았다. 외도의 증거자료는 가지고 있지만 단발적 자료가 아닌 1년 이상의 기간을 들여 천천히 확보한 자료가 필요하고, 우리 사이에는 자녀가 없고, 내가 이미 두 번의 외도를 눈감아줬던 터라 많이 받아봐야 몇 천만 원 정도라고 한다. 상간녀 소송을 해도 1, 2천만 원 정도밖에 못 받는다는 이야기를 들었다.

겨우 수천만 원 때문에 1~2년 이상의 긴 소송을 버티고, 이 사건을 계속 현재 진행형으로 만들며 나를 스트레스 속에 밀어넣을 필요가 있을까? 만만치 않은 변호사 비용까지 지불해가며 소송하는 게 맞는 걸까? 그건 아무리 생각해도 나답지 않은 선택이었다.

물론 이건 내 경우에 그렇다는 것일 뿐, 위자료를 더 받는 게 중요한 이혼 케이스도 많고 그 선택을 존중한다. 나는 다행히 직장생활을 계속해오고 있었고, 돈보다 정신적 평화가 더 중요했기에 선택하지 않았을 뿐이다.

셋째, 그에게 최대한의 재산분할을 받아내고 그걸로 이 인연을 깔끔하게 정리하는 방법이다.

나에게 가장 현실적이고 이성적인 방법이었다. 우리 사이에 재산이라고는 대출을 잔뜩 낀 집 한 채뿐이었지만, 결혼할 당시 부동산 침체기라서 저렴한 가격에 샀던 아파트가 그 후 부동산 폭등기를 맞이한 덕분에 나름대로 재산을 축적할 수 있었다. 그러나 대출을 빼고 순 자본금만 나누면 적은 금액인 게 사실이다.

이 집을 살 때도 남편이 더 크게 기여했고, 대출 상환 과정에서도 남편의 연봉이 더 높다 보니 당연히 기여도가 높았다. 물론 나도 똑같이 직장생활을 해왔고, 비금전적인 가사노동에 더 높게 기여했기에 재산분할을 한다 해도 아주 손해를 보진 않을 거라고 생각했다.

이성적으로 생각하면 남편이 65%, 내가 35% 수준이 아닐까 싶은데, 여기서 나의 위자료 명목의 돈을 추가하는 방식을 택해야 한다. 재산을 분할하면 그래도 몇 억의 돈을 갖게 되고, 거기에 대출을 끼면 혼자서도 수도권에 작은 집 한 채는 살 수 있을 거라고 생각했다.

만에 하나 그가 내 몫의 재산을 기대보다 적게 줄 경우도 생각해봐야 하지만, 거기까지는 생각하지 않기로 했다. 그는 분명 내 위주로 생각해줄 사람이었다. 배우자로서 그에 대한 신뢰는 이제 사라졌지만, 사람 대 사람으로서는 그를 여전히 믿고 있었다.

이제 내가 정한 길을 그에게 말해야 한다.

"우리, 한 달이 지났어요. 얘기 좀 나눠볼까요?"

내 말을 들은 그는 아주 적은 기대와 큰 두려움을 함께 품은 표정으로 날 바라보며 고개를 끄덕였다. 이제 우리의 이별은 공식적인 절차를 밟게 될 것이다.

우리를 절망에 빠트리는 건
결국 희망

엄마, 미안하지 않지만 미안해요

"많이 생각해봤지만 나는 또다시 당신의 과거를 모르는 척 살 수 없을 것 같아요. 다시 아무에게도 말 못 할 상처를 혼자 껴안고, 당신이 바람 피운 그 사실이 순간순간 떠오를 때마다 차마 말 못 하고 참는 삶은 이제 그만하고 싶어요. 우리, 이혼하자."

차마 더는 자신이 어떻게 할 수 없는 상황임을 깨달은 그는 하고 싶은 수많은 말을 삼키고 입술을 꾹 물며 애써 웃는 얼굴로 대답했다.

"응…… 그래. 당신이 그렇게 하기로 했다면 그렇게 하자.

그동안 미안했어요. 이 말로는 부족한 걸 알지만."

우리의 이혼은 이제부터 시작이다.

가장 먼저 해야 할 건 재산분할이었지만 예상한 대로 그는 나를 배려한 제안을 했다. 내게 먼저 위자료를 포함한 비중으로 재산을 나누자고 말해줬고, 나도 다른 이견 없이 그러자고 했다. 하지만 비율만 구두로 정하는 건 말이 안 되니 엑셀을 켜놓고 현재 집값, 잔여 대출, 세금, 나의 이사 후 발생할 대형가전 구매비까지 꼼꼼히 기록해서 표에 기입했다. 그 금액에 대해 약간의 의견 조율은 있었지만 결국 서로 합의해서 금방 결정되었다.

나누고 보니 그리 많지 않은 돈이었다. 그 돈으로 앞으로 난 평생 혼자 살아가야 한다. 맞벌이하며 재산을 모으던 때에 비해 분명 힘든 삶이 펼쳐지겠지만 그래, 이미 어쩔 수 없는 일이다. 이 돈도 충분히 내 또래가 가진 자본금보다 많은 돈이라는 걸 알고 있다. 앞으로도 열심히 지금처럼 산다면 혼자 충분히 잘살 수 있을 거라고, 구체적이지 않은 막연한 위로를 나 자신에게 해주었다.

그다음 중요한 일은 양가에 이 사실을 알리는 것이었다. 이혼 서류를 내러 가기 전에 최소한 부모님께는 알려드려야 도리라고 생각했다. 이혼에 합의한 후 돌아오는 주말에 각자의 집으로 가서 우리의 결정을 말하기로 했다.

그리고 양가 부모님께 당부하기로 했다. 사위에게, 며느리에게, 절대 연락하지 마시라고. 그의 부모님이 이 소식을 듣고 만에 하나라도 나에게 미안하다거나, 마음을 돌리기 위해 연락하지 않으면 했다.

시부모님, 특히 시어머니와 나의 관계는 애초에 썩 좋지 않았다. 본인 마음에 차지 않는 며느리인 나를 마음에 들어하지 않으셨다는 걸 결혼 전부터 알고 있었다. 심지어 내게 직접 말하신 적도 있으니까. 나 역시 결혼 초반 우리 부모님을 낮게 보고 사돈댁에 예의를 지키지 않는 언행을 하셨던 기억 때문에, 시어머니에게 마음을 열지 않았고 최소한의 예의만 지키는 정도로 살아오고 있었다.

그런 수많은 사건을 겪을 때마다 나는 속으로 끝도 없이 생각했다.

'당신 아들이 나한테 한 짓이 있는데, 왜 내가 이런 말을

들어야 하지? 왜 내가 이런 걸 혼자 참으며 살아야 하지?'

그래, 사실은 내가 그의 부모님을 직접 찾아가서 다 말해버리고 싶은 기분이었다.

당신이 그렇게 완전무결한 사람인 양 자랑하던 아들이 이런 부정한 짓을 저질렀다, 한 번도 두 번도 아닌 세 번이나 같은 일을 저질러서 이혼하는 거다, 결혼 초반에 이미 바람을 펴서 내 결혼생활은 내내 지옥이었다, 그런 나에게 당신이 그동안 했던 말들이 얼마나 상처와 분노가 되었는지 아느냐, 우리 부모님을 무시하기 전에 당신이나 자식 교육 제대로 시켜라, 부끄러운 줄 알아라.

일단 쏟아내기 시작하면 아마 끝도 없이 뱉을 수 있을 독이 가득한 말, 말, 말.

하지만 그러지 않기로 했다. 죄를 지은 건 그였고, 그의 외도에 적어도 시부모님의 잘못은 없었다. 그리고 분명 그가 본인의 잘못으로 이혼하게 되었다는 걸 알리면, 시부모님도 마음의 벌을 받게 될 거라고 생각했다.

이혼 결정을 알리러 가는 날, 나는 부모님 집으로 가서 사실을 알리기로 했다. 언니에게는 이미 며칠 전에 전화로 그와 이혼하게 되었다는 말을 했고, 이번 주말 부모님한테 가서 말씀드릴 테니 집에 계신지 알려달라고 했다.

당일에 내가 아무 연락 없이 혼자 집에 오기로 했다는 말을 언니한테 전해 들은 부모님. 집에 도착하자 엄마가 전에 없이 밝고 상기된 표정으로 나를 맞이하셨다. 예고 없이 할 말이 있다며 온 딸에게서 엄마가 듣고 싶은 말은 아마도 임신 소식이었나보다.

'아…… 엄마. 내가 아기가 생겼다는 소식을 깜짝 발표하듯 말하러 온 줄 아시나본데. 아니에요, 엄마. 그거 아니에요.'

표정만 봐도 알 수 있는 두 분의 기대 가득한 모습, 그 뒤로 난감한 듯 고개를 젓는 언니. 어쩔 수 없다. 말을 꺼내야 했다.

"아빠, 엄마. 갑작스러우실 수 있지만 저랑 그 사람이랑, 이혼하기로 했어요."

흔들리는 동공으로 지금 무슨 소리를 들은 건지 순간 이해되지 않는다는 표정의 엄마.

제가 죄송할 일은 아니지만…… 죄송해요.

처음 찍은 답이
정답이 아닐지라도

―――

남편의 취중진담

마지막 여행 이후 그에게 그만하자고, 이혼하자고 말했을 때 그는 순순히 그러자고 했다. 아마 더 이상 붙잡을 수 없다는 걸 알았을 거다. 하지만 진짜 그의 마음은 이 사실을 받아들일 수 없었나보다.

며칠 뒤 그가 회사 동료들과 저녁을 먹고 온다고 했다. 그러라고 하고 혼자 저녁을 먹은 뒤 고양이들과 시간을 보내고 있었다. 밤 10시가 넘도록 연락은 안 왔지만 별로 상관없었다. 이제 이혼할 사이인데 굳이 일일이 연락할 이유는 없으니까.

하지만 밤 11시가 넘어가니 걱정되기 시작했다. 어쨌든 아직은 법적 배우자이고 동거인으로서, 그가 무사히 귀가하는 건 중요한 문제였다. 그는 지난 6년간 단 한 번도 외박을 한 적이 없었다.

이제 전화를 해봐야 하나 생각하던 차에 현관 비밀번호 누르는 소리가 났다. 몇 번 잘못 누르는 것 같더니 이내 문이 열리고 그가 들어왔다. 한눈에 보기에도 많이 취한 모습이었다.

"왜 이리 많이 마셨어요? 괜찮아요?"

"응. 좀 많이 마셨네. 자기 걱정했겠다. 미안해요."

취한 목소리로 나를 보며 웃으며 말했다.

원래 맥주 두 캔도 못 비우는 사람이고 술자리도 1년에 몇 번 갖지 않는 사람이다. 그런 그가 이렇게 만취해서 들어온 건 결혼생활을 통틀어서 처음이었다.

"회사 분들하고 마셨다면서 왜 이렇게 많이 마셨어요. 일단 옷만 벗고 누워요."

"응. 회사 사람들하고 마셨지. 근데 오늘따라 술이 잘 들어가더라고."

정신을 못 차리는 그를 억지로 침대에 눕히고 이불을 덮어준 뒤 안경을 벗겨줬다. 그를 두고 안방을 나오려는데, 그가 내 손을 잡았다.

"자기야…… 자기야."

"왜요? 속이 안 좋아요? 물 좀 갖다줄까?"

"아니, 아니……."

눈도 뜨지 못한 채 계속해서 내 손을 잡고 있는 그의 가슴을 토닥여줬다.

"제발…… 난 자기랑 못 헤어져. 내가 자기 없이 어떻게 살아. 미안, 이런 말 하면 안 되는 거 아는데…… 그런데 나 정말 못 살 것 같아."

눈물을 흘리며 애원하는 그의 목소리를 듣자 내 마음은 또 쿵 하고 무너졌다. 다 납득한 줄 알았는데, 그의 마음은 그게 아니었나보다.

아무 말도 하지 못하고 그저 토닥여주었다. 내가 더 이상 해줄 수 있는 말이 없으니까. 지금 내가 조금이라도 여지를 주는 말을 한다면 그는 또다시 희망 고문을 당할 거고, 나 역시 마음이 약해질 거다. 그 어떤 희망도 줘선 안 되었다.

다만 난 그가 안타까웠다. 나에게 몹쓸 짓, 최악의 짓을 했음에도 그때의 내 마음은 그랬다. 잘 울지 않는 사람이다. 술도 안 마시는 사람이다. 그를 잘 알고 있기에 마음이 계속 아렸지만 그럼에도 내가 해줄 수 있는 최선의 행동은 그저 그를 토닥여주는 것뿐이었다.

밤이 지나고 다음 날 아침 난 평소처럼 먼저 일어나 출근을 했다. 재택근무를 해서 늦게 깨도 되는 그는 10시쯤 일어났는지 카톡이 왔다.

"자기야, 출근 잘 했어요? 나 어제 너무 취해서 어떻게 집에 들어왔는지 기억이 안 나네. 나 어제 잘 들어왔어요?"

기억을 못 하는 건지, 안 나는 척하는 건지 알 수 없으나 상관없었다.

"응, 다행히 잘 들어와서 바로 자더라고요. 어제 많이 취해서 들어오긴 했는데 몸은 괜찮아요?"

"속이 안 좋긴 하네. 이따 해장하러 가야지."

"응, 해장하고 오늘은 일 너무 무리하지 말고 쉬엄쉬엄해요."

그가 취기를 빌려 마지막으로 나를 붙잡으려고 했다는 걸 알고 있음에도, 모르는 척 지나가기로 했다. 이혼하기로 결정을 내리기까지 이미 수많은 선택지와 경우의 수를 고민했다. 그리고 최선의 방법, 아니, 최악을 면하는 방법을 선택했다. 결코 가볍지 않은 내 인생 최대의 문제였고, 난 이미 답을 내렸다.

학창시절, 시험을 볼 때 나만의 철칙이 하나 있었다. 문제를 풀다 객관식 답안 중 두 개가 헷갈릴 때, 고심 끝에 하나를 선택했다면, 그 답을 끝까지 바꿔서는 안 된다는 거였다. 설령 그 답이 틀렸더라도 '아, 왜 안 바꿨을까' 하는 후회가 낫지, 막판에 답을 바꾼 뒤 틀려서 후회하는 건 최악의 한 수다.

그 원칙을 다시 상기했다. 난 내 답에 확신을 가져야 한다. 설령 그 답이 틀렸더라도.

독주를 머금었다 삼켰다

기어이 삼켜버린 모진 말

그와 헤어지는 과정에서 나는 그에게 뱉어내지 못한 말이 많았다. 독으로 가득한, 상처를 줄 목적으로 뱉는, 그를 끝없는 죄책감에 빠져들게 만들 수 있는 말들.

혹자는 왜 말을 하지 않았냐고, 더 심하게 말해도 되지 않았냐고, 흠씬 패줘도 부족하다고 말할지도 모르겠다. 나였어도 다른 사람이 나와 같은 일을 당했다면 그렇게 말했을 것 같으니까.

그럼 그때의 나는 왜 그 말을 하지 않았을까.

내 입에서 독을 뱉는 순간 나도 그 독에 물들어 버릴 것 같았기 때문이다. 그를 위해서가 아니라 나를 위해서.

　나는 겉으로 굉장히 단단하고 굳건해 보이는 사람이고 실제로도 그런 성격이지만, 의외로 남에게 싫은 소리, 모진 소리를 못 한다. 어쩌다 싫은 소리를 할 수밖에 없는 상황이었어도 온종일 마음이 불편하고 좋지 않다. 해야 했던 말이지만 다른 방법, 다른 단어로 더 좋게 말할 방법은 없었을까 고민한다.

　그런 내가 그가 상처 받을 걸 알면서도 감정대로 무분별하게 모든 말을 뱉었다면 분명 난 지금 이 순간 '그 말을 왜 안 했지.'라는 후회보다, '왜 그 말을 했을까.'라는 후회를 더 크게 하고 있었을 거다. 멍청하게도.

　부모님께 이혼을 알린 다음, 바로 두 분의 핸드폰에서 그의 전화번호와 카카오톡을 삭제했다. 혹시라도 그에게 연락해 욕이나 심한 말을 하시지 않을까 싶어서 그를 배려한 거였다. 그 와중에도. 역시나 멍청하게.

　새삼 이렇게 글로 당시 상황을 남기고 보니, 이렇게 호구같이 순순히 헤어진 여자가 또 있을까 싶다.

그 역시 부모님에게 이혼 결정을 말하고 돌아왔다. 나보다 조금 더 오래 머물다 온 걸 보면 많은 얘기를 듣고 온 게 아닌가 싶었다. 그는 그냥 잘 말하고 왔다고만 했고, 나도 그러냐고 대답하고 굳이 더 묻지 않았다.

시간이 지나 그날의 얘기를 좀 더 자세히 듣게 되었는데, 태어나서 그날 부모님에게 가장 크게 혼이 났다고 한다. 이제 넌 내 아들이 아니고, 얼굴도 보고 싶지 않다고 화를 내셨단다. 그의 표정으로 미루어 짐작하건대, 사실인 것 같았다. 그렇게 혼을 내실 분들이기도 했으니까. 아마 그는 부모님으로부터 나 대신 모진 말을 많이 들었을 거다.

누군가 인생을 잘 사는 방법 중 하나로 "말할까 말까 고민될 때는 하지 마라."라고 쓴 글을 본 적이 있다.

과연 그렇다. 입에서 나오는 말은 되돌릴 수 없다. 그에게 평생 갈 상처를 남기는 대신, 위스키를 한 모금 마시듯 독이 가득한 말을 삼킨 나 자신을 대견하게 생각하기로 했다.

〈인턴〉을 보다가 눈물이 났다

내 아픔은 나만의 것

내가 배우자의 불륜을 겪은 뒤 절대 보지 못하는 게 한국 드라마다. 그런데 하필이면 그가 바람을 피운 이후 히트한 수많은 드라마들이 모두 불륜을 다뤘다. 그중 어디를 가도 누구나 꼭 한 번씩은 말하는 드라마가 있었는데, 바로 <부부의 세계>였다.

예쁘고 흠잡을 데 없는 좋은 직업을 가진 김희애를 두고, 젊은 김소희랑 바람을 피우는 놈. "사랑에 빠진 게 죄는 아니잖아!"라는 10년 뒤에도 회자될 명대사를 남긴 그 드라마.

드라마를 보지 않았음에도 내용을 잘 알 수밖에 없을 만

큼 온갖 매체에서 드라마 내용을 반복해서 노출하고 패러디
를 했다.

결혼 초반 그가 처음 바람을 피웠을 때부터 나는 불륜
소재가 들어간 영화도 드라마도 보지 못했다. 너무 감정이입
이 돼서 차마 볼 수 없었다. 일부러 더 밝은 영화, 애니메이션,
힐링 코미디 같은 장르만 챙겨봤다. 아마도 그는 내가 그런
이유로 밝은 영화만 보기 시작했다는 걸 아직도 모르고 있을
거다.

그런데 놀랍게도, 그런 장르에도 어김없이 불륜이 숨어
있었다.

영화 〈인턴〉을 그와 함께 봤다. 포스터부터 시놉시스까
지, 불륜의 여지가 하나도 없는 힐링 장르. 역시나 내용도 아
주 좋았다. 앤 해서웨이와 로버트 드니로의 연기도 훌륭했고,
영화 전반에 흐르는 메시지도 좋았다.

그런데 영화가 중반을 넘어갈 무렵 갑자기 내 심장을 조
여오는 이야기가 나왔다. 앤 해서웨이의 남편, 세상 가정적이
고 다정하고 너드남 같은 그가 바람을 피우는 내용이었다. 하

필이면 그와 영화를 같이 보고 있었고, 하필이면 남자 배우의 이미지가 그와 닮았다.

영화를 보다가 갑자기 눈물이 나왔다.

"여보, 영화 꺼요. 못 보겠어."

그는 내가 왜 못 보겠다고 했는지 눈치채고 말없이 영화를 껐다. 그리고 급히 휴지를 가져와서 눈물을 닦아주며 아무 말도 못하고 내 눈치를 보기 시작했다. 그래, 너도 알겠지. 저 내용이 어떤 걸 상기시키는지.

"내가 왜 이런 영화조차도 마음 편하게 보질 못하게 된 거지……."

내 말에 그는 그저 미안하다고, 자기 잘못이라고 고개를 숙였다.

세상 사람들은 불륜 이야기가 다 재미있나 보다. 세상에는 배우자의 외도로 아파본 사람이 드문 걸까. 왜 힐링 영화에도 불륜 이야기가 나와야 하는 걸까. 온갖 생각이 들기 시작했다.

영화나 드라마에서 배우자의 외도가 흔하게 소재로 쓰일 때마다 의아했다. 정말 사람들은 저게 순수하게 재미있는 걸까? 나만 지옥 같고 힘든 걸까? 저 소재 없이는 극적인 드라마를 만들 수 없는 걸까.

그래, '나만 아니면 돼.'라는 마인드로 볼 수 있다는 건 잘 안다. 나 역시 내가 당사자가 되기 전에는 아무 생각 없이 그런 드라마를 봤으니까.

이제 그 어떤 아픔도 함부로 공감하는 척해선 안 된다고 느낀다. 사람들은 불륜 드라마를 보며 바람 피우는 놈을 욕하지만, 그건 진짜 욕이 아니다. 그들은 어차피 진짜 배우자가 외도를 저질렀을 때 어떤 마음인지 모른다. 나도 그랬으니까.

내가 겪지 않은 일을 함부로 이해하는 척, 공감하는 척하지 말고, 다만 어떠한 인생에도 아픔이 있다는 걸 잊지 말아야겠다. 그 아픔들이 부디 그 어떠한 가벼운 흥밋거리로 소비되지 않기를. 나부터도 늘 조심해야겠다.

Chapter 2

이혼하고 같이 삽니다

손을 꼭 잡고
이혼하는 중입니다

———

다른 부부와는 다른 이혼하는 날

6년 전 우린 결혼했고, 6년이 지난 봄 그와의 이혼을 결심했다. 그리고 그해 여름, 나와 그는 협의이혼을 접수하러 법원에 갔다.

이직 후 회사 일이 바빴던 터라, 그날은 나의 세 번째 연차휴가 날이었다. 지난 1년간 거의 쉬는 날 없이 평일 아침 7시에 눈을 떠서 그랬는지, 그날은 알람을 맞추지 않았는데도 7시에 저절로 눈이 떠졌다. 침대에서 미적거려봐야 의미 없다는 걸 잘 알기에 바로 일어나서 거실로 나왔다.

늘 그렇듯 고양이 두 마리가 기지개를 쭉 켜며 나에게 반갑게 다가왔다. 딩크 부부인 우리의 아들과 딸이나 다름없는 고양이들. 남편과의 이별뿐 아니라 고양이들과의 이별까지 곧 나에게 다가온다고 생각하면 가슴 한편이 욱신거렸다. 하지만 나는 나를 잘 안다. 이 또한 잘 극복할 거라는 걸.

오전 10시 반. 그도 잠에서 깼다. 그가 새로 옮긴 회사는 이제 막 합병돼서 매우 바쁜 상태였다. 나와 같이 연차휴가 날임에도 그는 아침부터 바쁘게 울려대는 회사 카톡에 정신없어 보였다. 그렇게 바쁜 시기에 이혼하게 되었지만, 뭐 어쩌겠는가. 인생은 늘 예상대로 흘러가지 않는다.

주민센터에 들러서 가족관계증명서, 혼인증명서, 주민등록등본을 발급받은 후 법원으로 갔다. 그와 내가 즐겨 본 드라마 〈비밀의 숲〉에 나왔던 바로 그곳, 황시목이 서 있었던 그곳. 평일 점심시간쯤 도착했더니 이제 막 점심을 먹고 테이크아웃 커피를 사서 사무실로 들어가는 직장인들이 많이 보였다.

작년 이사 때 공덕역 주변도 후보지 중 하나였는데, 이제 와 생각해보면 번화가도 좋기만 한 건 아니다 싶었다. 정신없이 다니는 차량, 사람, 소음, 그리고 우리가 이별하게 될 법원이 집 바로 앞인 것도 썩 기분 좋은 일은 아닐 것이다.

공덕역에서 나와 법원까지 걸어가는 길은 그와 내가 늘 맛집을 찾아가거나 산책을 하기 위해 100번은 걸어 본 길이다. 그렇게 많이 걸어다닌 길인데도, 서부지방법원의 위치가 머릿속에 떠오르지 않는 게 신기했다.

하지만 당연하다면 당연했다. 길을 걸으며 "어? 저기 새 식당 생긴다. 다음에 가보자."라든가, "여보, 저기 또 공사 중이네. 이번엔 뭐가 생길까?"라는 대화만 주고받았지, 단 한 번도 "여보 저기가 서부지법이야. 우리가 이혼할 때는 저기로 가면 돼."라는 말을 한 적은 없었으니까.

서부지법이 가까워질수록 왠지 심장이 빠르게 뛰었다. 붙잡은 그의 손도 평소보다 훨씬 뜨겁다는 게 느껴졌다. 그게 이 덥고 습한 7월의 날씨 때문만은 아니라는 것도 알고 있었다.

그리고 한편으로는 우스웠다. 이혼 서류를 제출하러 가는 길에 이렇게 손을 꼭 잡고 가는 부부가 또 있을까. 우리는 참 마지막까지 우리답다 싶었다.

서부지법 2층에 올라가니 딱 오후 1시가 되었고, 닫혀 있던 접수 창구가 문을 열었다. 설마 점심시간이라고 아예 창구를 닫아 놓을 줄은 몰랐다. 애매하게 12시 20분에 오지 않아서 다행이다 싶었다.

우리보다 일찍 와서 기다린 두 부부가 먼저 줄을 섰다.

한 부부는 국제결혼을 한 부부였다. 아내가 베트남 분이었는데 한글을 잘 못 써서 남편이 대신 이름을 써주려고 하자, 법원 직원이 그러면 안 된다고 말렸다. 이혼 서류는 반드시 본인 자필로 써야 한다며 베트남어로라도 쓰라고 했다.

그다음 부부가 접수하려고 하니, 혼인관계증명서와 가족관계증명서는 상세 버전으로 떼야 한다며 뒤에 있는 무인 발권기에서 다시 뽑아오라고 돌려보냈다.

이런, 우리도 당연히 일반 버전으로 뽑았는데! 법원 홈페이지에 나온 협의이혼 절차에는 '반드시 상세 버전으로 발급받으시오.'라는 문구 따위는 없었다고!

현장에 와서 보니 새롭게 배우는 것들이 이처럼 많은데, 아쉽게도 이 지식을 어디 쓸데없다는 게 또 살짝 우스웠다.

앞의 두 부부가 끝나고 우리 차례가 되었다. 담당자는

우리가 재발급받아 낸 모든 서류에 문제가 없음을 확인하고
는 안내문을 건네며 내용을 확인해주었다.

"8월 10일 아니면 8월 12일 오후 4시에 나오셔야 합니
다. 이틀 중 하루만 나오시면 되는데, 둘 다 안 나오시면 자동
으로 이혼 의사를 철회하신 걸로 접수됩니다. 두 분이 말씀
잘 나누셔서 이혼을 안 하게 됐다면 안 오셔도 됩니다."

정확히 1개월 뒤인 줄 알았는데, 가정법원이 열리는 날
은 주 2회로 정해져 있나 보다. 이것도 직접 경험하지 않았으
면 몰랐을 쓸데없는 지식.

그리고 직원의 말이 조금 이상하다고 느꼈다. 대화를 잘
나눠서 이혼을 안 하는 게 반드시 행복한 일인 건가? 그 반대
경우가 오히려 많을 것 같은데. 결혼생활을 유지하는 게 최선
이 아니기에 그와 이혼을 결심했고, 이곳까지 온 것이다. 그
런데 '다시 말씀 잘 나누시고 이혼하지 마세요.'라는 뉘앙스
로 들려서 내가 너무 극단적으로 생각했나 싶기까지 했다.

하지만 이런 생각은 굳이 그에게 말하지 않았다.

이혼 접수를 마치고 나오니 오후 1시 30분경. 평소에 먹
지 못하는 비싼 밥을 먹으러 가기로 했다. 공덕역에 있는 히

츠마부시(장어덮밥) 전문점으로 갔다. 1인분이 3만 7,000원이나 해서 우리는 딱 한 번 먹어본 음식이었다.

아! 일본 소도시인 사가로 여행을 갔을 때 그 지역 전문점에서 먹은 것까지 포함하면 두 번이다. 사가 여행을 포함해 그와 갔던 일본 여행은 모두 참 즐거웠다. 아니, 2년 전에 갔던 방콕 여행도. 신혼 여행지였던 하와이도. 여름 휴가지였던 사이판도. 그와 결혼 전 갔던 제주도도. 모든 여행이 참 즐거웠다. 우리는 여행 스타일이 비슷해서 여행 중 한 번도 싸우지 않았기에 모든 추억이 아름답게 남아있다. 히츠마부시 앞에서 그와의 즐거웠던 여행이 떠오르다니, 그 또한 참 우스운 일.

점심시간이 지나서인지 식당 자리는 꽤 비어있었다. 코로나가 다시 심해지는 상황이라 다행이다 싶었다. 음식을 주문하고 기다리며 슬쩍 셀카를 찍어봤다. 이혼한 당일의 내 모습을 하나 남기고 싶었다. 6년 전 그와 결혼했을 무렵의 예쁘고 빛나던 나는 이제 핸드폰 화면 속에 없지만, 그래도 여전히 나를 사랑하며 나를 아껴주는 내가 있으니 그걸로 됐다 싶었다.

지금 그는 어떤 마음일까. 잠깐 궁금했지만 굳이 물을 이유가 없으니 묻지 않았다. 이제 와서 내가 알아봐야 아무 의미 없는 감정이다. 난 내 감정에 오롯이 집중해야 했다.

맛있게 식사를 마친 뒤, 우리가 늘 걷던 경의선 숲길을 따라 집으로 돌아갔다. 이혼 접수를 하러 법원에 걸어갈 수 있다니, 이것도 참 신기한 일이다 싶었다. 좋은 동네에 사는 건지 아닌 건지.

경의선 숲길을 따라 걷다 보면 우리가 자주 가던 카페가 나온다. 나는 썩 맛있다고 생각하지 않지만 그가 유독 좋아해서 자주 가던 곳이라 그곳으로 향했다. 커피 두 잔을 텀블러에 받아서 다시 집으로 걸어갔다. 집으로 가는 길에 새로 생긴 건물을 보기도 하고, 새로운 식당을 보기도 했다.

우리에게 너무나 익숙하고도 익숙한 길. 평소 데이트와 전혀 다를 것 없는 그 길을 따라 나는 그와 손을 꼭 잡고 이혼 접수를 하고 왔다.

딸의 이혼을
받아들이기 어려운가요

———

엄마와 나 사이에 생긴 작은 우물

불볕더위가 2주 넘게 이어지던 일요일 오후였다.

우리는 주말 점심에 늘 외식을 하곤 했다. 이혼 서류를 냈다고 우리 주말이 달라지진 않았다. 35도가 넘는 더위를 뚫고 합정역까지 가서 라멘을 먹고 온 참이었다. 줄을 많이 서는 것으로 유명한 맛집답게 30분이나 기다려서 라멘을 먹었으나, 기다린 보람이 있게 맛은 훌륭했다. 다른 데서 먹기 힘든 바질 라멘이 인기 메뉴였는데, 초록색 육수를 보니 더위가 살짝 사라지는 듯한 착각도 들었다.

더운 날씨 때문에 얼마 걷지 않았는데도 많이 지쳐서, 집에 돌아온 이후 침대에 누워 멍하니 핸드폰을 만지작거리고 있었다. 그는 어제 대청소를 했음에도 한 번 더 청소기를 돌리고 있었다. 청소기 소리가 백색소음처럼 느껴졌는지 스르륵 잠이 오려던 참이었다.

그때 부르르르 울리는 전화. 엄마였다.

"네, 엄마."

난 애교 많은 딸은 아니라서 전화를 자주 하지도 않고, 막상 통화를 해도 용건만 간단히 말하는 편이다.

"응. 뭐 해?"

"그냥 누워있어요."

"왜? 어디 아파?"

"아뇨. 그냥 더워서 쉬는 거예요."

이미 전화기 너머 엄마의 목소리가 싸했다. 얼른 통화를 마치고 싶단 생각이 들었다.

"그래…… 잘 지내지?"

"네, 그럼요."

"법원은 다녀온 거야?"

"네, 저번에 다녀왔죠. 8월 10일에 숙려기간 끝나고 다시 가면 돼요."

"그래…… 혹시 생각이 바뀔 일은 없는 거지?"

아, 전화만 하는데도 마음이 불편해졌다.

"없죠."

단호한 내 한마디에 엄마는 잠시 머뭇거리다 급히 화제를 돌렸다.

"밥은 잘 챙겨 먹고 있니? ABC주스 만드는데 너 생각이 나서."

날 생각해서 하는 말씀이라는 걸 아는데도, 이 통화의 목적과 그 끝이 너무 빤히 보여서 상냥하게 대답하기 힘들었다.

"저 그거 안 마시잖아요."

"너네는 어쩜…… 너네 언니도 그렇고 몸에 좋다는 건 다 안 먹네. 너네 언니는 매일 배달 음식만 시켜먹고."

"저 밥 잘 먹고 건강하게 있으니 걱정 마세요."

"나중에 혼자 살면 밥은……."

엄마 말을 자르고 약간의 짜증이 섞인 말투로 말했다.

"밥 제가 잘 챙겨 먹어요. 걱정 마세요."

엄마의 목소리가 이미 울먹이기 시작했다는 걸 알면서도 애써 무시했다.

"그래. 그냥 엄마는 걱정이 돼서……."

얼른 화제를 돌리고 싶었다.

"백신 예약은 하셨어요?"

"응, 언니가 아빠 거랑 내 거랑 둘 다 같은 날 같은 시간으로 잡아줬어."

"잘됐네요."

"응, 너네 언니 없었으면 어쩔 뻔했나 몰라. 고맙지."

"그러게요."

"그러니 우리 걱정은 말고 너 건강 챙기면서 잘 지내. 그래……."

울음이 목 끝까지 차오르셨는지, 엄마는 서둘러 전화를 끊으셨다. 평화롭고 나른하던 주말 오후, 가슴에 돌덩이 하나가 쿵 내려앉았다.

나의 이혼 소식을 듣자마자 엄마는 이렇게 말했다.

"내 딸 인생에 흠이 생겼는데!"

이혼이 내 인생의 흠이라고 말한 엄마. 그날 이후 엄마를 대하는 내 마음에 작은 골이 생겼다.

이런 엄마의 반응은 충분히 예상했다. 엄마에게 난 평생 자랑거리인 딸이었으니까. 학창 시절에는 전교 1등이라 동네에서 유명했고, 괜찮은 성격과 외모 덕분에 인기도 많았고, 커서는 흠잡을 데 없이 좋은 사윗감을 데려와서 결혼 적령기에 결혼해 사이 좋게 예쁘게 사는 모습만 보여드렸다. 그렇게 자랑스럽던 딸이 이혼이라니.

엄마 아빠 세대에게 이혼이 아직까진 불명예스러운 딱지라는 건 이해하지만, 나의 경우는 이혼 사유가 너무나 명확히 배우자의 귀책이다. 용서할 수 없는, 용서해서도 안 되는. 그렇기에 딸을 사랑한다면 더더욱 이혼을 말리는 건 말이 안 된다고 생각했다.

그래서 딸의 마음이 바뀌어 표면적으로라도 '자랑스러운 딸과 사위'를 유지하고 싶어 하는 마음을 내비치실 때마다 설명하기 어려운 실망감이 나를 덮었다.

말하고 싶었다.

흠이 아니라고.

엄마 딸은 이혼 전에도 후에도 똑같다고.

이런 일 때문에 불행해지지 않는다고.

나는 정말 괜찮다고.

하지만 이렇게 말해도 엄마는 믿지 않았을 테니까. 엄마에게 하지 못한 말들을 속으로만 삼켰다.

네 잘못이 아냐

———

그저 내가 운이 없었을 뿐

그와 이혼 절차를 밟던 중, 내 가장 오랜 친구 M에게 전화가 왔다. 코로나가 확산되는 시기였고, M의 직업이 교사이다 보니, 코로나에 걸리는 걸 최대한 피하려고 1년간 얼굴을 제대로 보지 못한 상태였다.

M은 고등학교 때부터 20년 가까이 인연을 지속해온 오랜 친구다. 원래 친한 사이지만 내게는 더 남다른 친구인 이유가 M이 바로 그를 소개팅해준 주선자였기 때문이다. 직접 아는 지인이 아니라, M의 친언니 회사 동료를 소개받은 건데,

나와 M의 언니도 몇 번 만난 적이 있어 서로 아는 사이였다.

M이 나의 이혼 소식을 알게 된 건 그날 저녁이었다. 퇴근길 전철이었고, M에게서 안부 전화가 온 그날.

"여보세요?"

"야, 오랜만에 전화하네. 퇴근하는 중이야?"

"응, 퇴근 중이지. 잘 지내? 넌 요새 코로나 때문에 학교에서 정신없겠네."

"어, 학교도 정신없고 집에서도 딸 덕분에 정신없고 그렇지."

유치원에 다니는 딸과 남편의 근황을 이것저것 얘기하다가, 아무렇지 않게 M이 물었다.

"넌? 별일 없니?"

잠시 뭐라고 말해야 할까 고민하다 입을 열었다.

"나, 별일 있어. 나 이혼해."

2초 정도 정적이 흐른 뒤, M이 그게 무슨 소리냐는 듯 되물었다.

"야, 뭐야? 진짜로?"

"응. 진짜로. 이미 법원에 한 번 다녀왔고, 다음 달에 다녀오면 법적 이혼이야."

"아니, 어떻게 된 거야. 왜 이혼하는 건데? 너희 부부 되게 잘 지냈잖아."

"잘 지냈지. 지금도 심지어 한집에서 잘 지내고 있어."

"왜 이혼하는지 물어도 돼?"

"응……. 남편이 바람을 피웠어."

"(정적) 하…… 그랬구나……. 괜찮아?"

"응, 괜찮아."

그렇게 말하는 순간 갑자기 눈물이 흘러내렸다. 전철 안에서 우는 게 창피했지만, 마스크를 껴서 상관없었다. 사람들은 어차피 남에게 그렇게 관심이 없다.

다만 울고 있는 목소리가 친구에게 들릴까 걱정되어 눈물을 삼키고 아무렇지 않게 말했다.

"근데 뭐, 소송까지 가지 않고 잘 협의이혼 하기로 했어. 혹시나 싶어서 말해두는데, 너네 언니한테는 말하지 마. 언니가 말실수로라도 회사에서 말하면 소문이 날 수도 있잖아. 협의이혼하는 마당에 굳이 그런 일은 만들고 싶지 않아."

"응, 나야 언니한테 말 안 하지. 언니 요새 너희 남편하고는 하는 일이 아예 달라져서 만나지도 못 한다고 하던데."

"그럼 다행이고."

"야, 일단 전화로 말하지 말고, 만나자. 만나서 밀린 얘기나 좀 하자."

"응, 그러자. 너 아이 하원 시간이랑 감안해서 되는 때 알려줘. 내가 맞출 테니까."

"그래. 넌 일단 잘…… 잘 지내고. 또 연락할게."

전화를 끊은 뒤, 가족 외의 사람에게 이혼을 말한 건 처음이라는 걸 깨달았다. 만약 말하게 된다면 M에게 제일 먼저 말하게 될 거라 생각은 했는데 이렇게 갑자기 말하게 될 줄은 몰랐다.

M을 만나면 어디까지 말할 수 있을까? 세 번이나 핀 바람이라고, 결혼한 지 몇 개월 되지도 않아서 이미 바람을 폈다고, 너에게 그동안 차마 말하지 못했다고, 나 혼자 이 괴로움을 안고 힘들었다고 다 말할 수 있을까.

아마 모든 걸 한 번에 말하지는 못할 것 같다. 내가 털어놓는 진실이 친구의 마음을 힘들게 할 수도 있으니까. 나의 지레짐작일 수 있지만, 본인이 소개시켜준 사람과의 결혼생활이 힘들었다는 걸 알면 친구도 마음 한켠이 무거울 수 있으니까.

그렇지만 언제가 되었든 친구에게 꼭 말하고 싶다. 이건 너와는 전혀 상관없는 일이라고. 그저 남편 혼자 잘못한 일일 뿐, 그 누구도 이 문제에 일말의 죄책감이나 책임감을 가질 필요 없다고.

그리고 너와 보낸 20년의 인연과 우정은 이런 일이 생겼음에도 불구하고 나에게 참 고맙고 행운인 인연이라고.

혼자가 될 나를 위한
집은 어디에

가계약금의 의미

그와 재산분할을 끝낸 후 바로 시작한 건 내가 살 집을 구하는 일이었다.

원래는 지금 사는 집을 팔고 재산을 나눠 가질 생각이었다. 우리에게 재산은 이 집 한 채뿐이라, 집을 팔지 않고는 분할할 수 없었으니까.

그런데 그가 제안을 해왔다. 자기는 이 집에 계속 살고 싶다고. 같이 살던 이곳을 떠나고 싶지 않다고. 역시 참 끊어내는 걸 못 하는 남자다. 그런 성격 때문에 우리 관계가 이런 파국이 되었음에도. 하지만 그 생각은 굳이 입 밖으로 내지 않았다.

"재산분할을 늦게 해주면 나는 집을 살 수가 없어요. 1
년 뒤에 준다면 전세 구하기도 애매해서 오피스텔 월세로 들
어가야 하는데, 그 월세를 부담할 수 있겠어요? 그리고 내가
지금 매매하려고 한 집이 내년에는 훨씬 올랐을 수도 있어요.
그 경우에는 그때의 집 가치에 맞춰서 나에게 돈을 줘야 해
요. 1억이 오를지, 2억이 오를지 알 수 없는데 괜찮겠어요?"

내 단도직입적인 질문에 그는 기꺼이 그러겠다고 했다.
그에게 이 집은 그 정도로 중요한 의미였나보다. 나도 그의 상
황을 고려해서 월세가 비싸지 않은 집을 알아보겠다고 약속
했다.

어차피 집을 살 것도 아니니, 회사 근처의 오피스텔을
알아보기 시작했다. 다행히 신축 오피스텔이 많은 동네였다.
퇴근 후 부동산을 찾아가 집을 몇 군데 봤는데, 그 과정에서
내가 지난 몇 년간 참 풍족하게 살았다는 걸 새삼 느끼게 되
었다.

내 예산에서 구할 수 있는 집은 대부분 실평수 6~7평 정

도의 작은 오피스텔이었다. 그마저도 창문으로 보이는 게 앞동뷰, 벽뷰, 공사장뷰였다. 1평이라도 실평수를 늘리고 싶으면 월세가 10만 원씩은 올라갔다. 적은 월세로 넓은 집에 살고 싶다면 지은 지 15년이 넘는 오래된 오피스텔이나 빌라가 유일한 대안이었지만, 여자 혼자 살려면 보안이 중요하다고 생각해서 그건 처음부터 배제했다.

그동안 방3 화2의 넓은 신축 아파트에서 편하게 살던 내게 상당한 충격이 온 순간이었다. 남편과 둘이 서울 한복판의 넓은 집에서 여유롭게 살다가, 이제 몇 개월 뒤면 원룸 오피스텔 월세살이를 하게 된다. 높은 곳에 있던 내 사회적 위치가 갑자기 저 밑바닥으로 하락한 것처럼 느껴지기까지 했다.

이혼 후 삶의 질이 떨어질 거라는 건 예상했다. 하지만 이렇게 발품을 팔며 내가 겪게 될 현실을 직접 마주하니, 집으로 돌아가는 길에 많은 생각이 들었다.

집에 들어가니 그가 오피스텔은 어땠냐고 물어봤다. 우리는 이혼 접수를 했음에도 여전히 사이 좋게 이런저런 얘기를 공유하며 잘 지내고 있어서 서로의 하루를 묻는 게 여전히 자연스러웠다. 생각보다 많이 좁았다는 것, 조금이라도 평수를 늘리려면 월세가 20만 원은 더 든다는 것, 오피스텔들이 보안에 취약해 보였다는 것 등등 있는 그대로 말해주었더니, 그도 걱정이 가득한 표정이었다.

나는 일단 다른 동네도 가볼 생각이라고 말했다. 회사에서 몇 정거장 거리의 조금 낙후된 동네로 가면 비슷한 월세에 더 넓은 집이 가능해 보였으니까.

어쨌든 내 상황에서 모든 조건을 만족하는 집을 구하는 건 무리라는 걸 알았다. 이혼을 선택할 때도 내가 나답게 살기 위해 안정적인 결혼생활을 포기했듯이, 집 역시 절대 포기 못 하는 한두 가지 빼고는 포기해야 한다는 걸 새삼 느끼고 각오를 굳혔다.

그렇게 일주일가량 오피스텔을 알아보던 중 남편이 집 구하는 문제에 대해 다른 제안을 했다. 재산분할을 당장 완벽하게 해줄 수는 없지만, 최대한 노력해서 일단 70% 정도의 목돈을 주고, 나머지 30%는 이자까지 쳐서 내년 스톡옵션을 받은 후에 줘도 되겠냐는 거였다. 70% 정도면 대출을 끼고 아파트를 매매할 수 있지 않겠냐는 제안이었다. 부모님께 손 벌리는 건 싫지만 내가 좁고 안전하지 않은 동네에서 사는 건 더 싫으니 부모님께 최대한 돈을 빌려서 주겠다는 거였다.

역시 그답다고 생각했다. 언제나 나를 먼저 생각해주는 사람이었다. 그의 잘못은 여전히 용서할 수 없지만, 내가 지난 6년간 함께 산 사람은 그래, 이런 사람이었다.

난 그의 말대로 하기로 했고, 오피스텔 월세가 아닌 아파트 매매를 알아보는 것으로 2차 부동산 발품을 시작했다.

내가 살아본 동네 중 가장 살기 좋았던 곳은 지금 사는 동네다. 그래서 사실 나도 떠나고 싶지 않았다. 하지만 분할한 재산으로 구할 수 있는 동네는 서울의 아주 가장자리이거나, 비역세권이거나, 지어진 지 20년 이상 된 구축이거나, 100세대 미만의 나홀로 아파트뿐이었다.

오피스텔을 구할 때와 마찬가지로 선택과 집중이 필요했다. 매매할 집은 더더욱 신중해야 했고, 앞으로 최소 2년 길게는 10년 넘게 살게 될 집이라고 할 때 내가 포기 못 하는 가치를 적어봤다.

1. 500세대 이상의 대단지에 준공 15년 이내의 상태 좋

은 아파트

2. 회사까지 전철 환승 없이 30분 이내에 갈 수 있는 위치

3. 숲, 산, 강처럼 자연환경이 가까이 있고 거실 창으로
   트여 있는 뷰를 볼 수 있는 고층

이렇게 필수조건을 생각한 다음 집을 찾으니 후보가 두
군데 정도로 좁혀졌고, 바로 부동산에 전화해서 집을 보러 갈
약속을 했다. 후보지는 지금 사는 집과 아주 거리가 먼 경기
도였지만, 회사와는 전철로 20분밖에 걸리지 않는 위치였다.
주말에 집을 보러 가기로 했다고 그에게 말했더니, 자기도 같
이 갈 수 있냐고 물었다. 당신이 앞으로 살게 될 동네인데, 안
전한지 괜찮은지 자기도 보고 안심하고 싶다고. 그의 마음이
어떤지 충분히 느껴져서 그러자고 했다.

전철로 한 시간 넘게 걸려서 그도 나도 처음인 동네에
방문했다. 한여름이었지만 아파트 단지가 울창한 숲에 둘러
싸여 덥지 않게 느껴졌다. 마치 산속에 들어온 것 같은 기분
이었고, 매물로 나온 집도 거실에서는 탁 트인 하늘을, 주방
창으로는 산을 볼 수 있는 좋은 집이었다.

그 집을 보자마자 그도 나도 마음에 들었다. 우리가 지난 6년간 몇 번의 이사를 하며 느낀 건, 모든 집은 인연이 있고, 내 집이다 싶은 집은 바로 느낌이 온다는 거였다. 이 집이 그런 집이었다.

다른 동네의 아파트도 몇 군데 가봤지만 아무 감흥이 생기지 않아서 오래 고민하지 않고 이 집으로 하겠다고 그에게 말했다. 그 역시도 그 집이 좋아 보였다며 고개를 끄덕였다.

바로 다음 날 은행에 가서 대출이 가능한지 상담을 받았고, 내가 감당할 수 있는 수준의 원리금 대출이 가능하다는 걸 확인한 후 부동산에 전화를 했다. 내가 계약하겠다고.

부동산 매매는 결혼 후 두 번 해봤지만, 모두 그가 주도해서 계약을 했다. 공동명의이긴 했지만 대출을 그의 이름으로 받았기에 매매계약의 모든 순간에 내가 함께하진 않았다. 그래서 가계약금을 내가 직접 보내는 것도 처음이었다.

부동산으로부터 계약 조건과 잔금 일정을 문자로 받고, 등기부등본까지 받았다. 이제 내가 가계약금 500만 원을 보내는 순간, 이 계약은 체결된다.

가계약금을 보낸다는 건 여러 의미를 함축했다.

내가 이 집을 매매하는 걸 돌이키지 않겠다는 각오.

그와의 이혼을 돌이키지 않겠다는 각오.

우리의 이별은 이혼 확정 전에 이미 이렇게 정해져 버린다는 각오.

돌이킬 수 없는 그 순간, 마음이 울렁였다.

회사에서 일하는 중이었는데 자리에 앉아있었음에도 내 안의 뭔가가 흔들리는 기분이 들었다. 잠시 화장실에 가서 거울을 보며 내 눈을 쳐다봤다.

괜찮다고.

넌 할 수 있다고.

혼자 단단하게 꿋꿋하게 앞으로의 인생을 살아갈 수 있다고.

나 자신에게 응원을 보내고, 심호흡을 한 후 가계약금을 이체했다.

그리고 그에게는 한 줄로 간단하게만 이 소식을 알렸다.

"가계약금 보냈어요."

몇 달 뒤 혼자 살게 될 나의 성, 나의 집. 그동안 살았던 그 어떤 집보다도 앞으로의 내 인생에 큰 영향을 주게 될 거란 예감이 들었다.

나의 홀로서기는 작은 첫발을 내디뎠다.

고양이와 이별을 준비하는 마음

또다른 헤어짐

이혼을 결심할 때 날 망설이게 한 큰 이유 중 하나는 우리가 키우던 고양이들이었다. 이혼 수속을 하고도 그와 함께 산 이유 역시 고양이들 때문이었다. 고양이들은 내 자녀와 같았으니까.

신혼 초반에는 강아지나 고양이를 기를 생각이 없었다. 부모님과 살 때 반려견을 17년간 키웠기에 생명을 들이는 일에 얼마나 큰 책임이 따르는지 잘 알고 있었고, 섣불리 시작하지 않으려는 마음이었다.

반면 그는 한 번도 동물을 키워보지 않은 사람이었다. 동물을 좋아하긴 하지만, 그의 부모님이 동물을 무서워하셔서 부모님과 계속 같이 살았던 그로서는 기회가 한 번도 없었던 셈이었다. 그는 우리 부모님 댁에 가서 반려견과 함께 놀고 산책하는 걸 무척 좋아했고, 우리 가족이 키우던 반려견이 20살의 나이로 무지개다리를 건넜을 때도 함께 곁을 지키며 같이 눈물을 흘렸다.

우리가 동물을 기르지 않은 이유 중 하나는 결혼할 무렵에는 자녀 계획이 있었기 때문이기도 했다. 결혼 후 1~2년 정도 신혼생활을 보내다가 임신할 계획이 있었고, 그럴 경우 만에 하나를 위해 동물을 애초에 기르지 않아야 한다고 생각했다.

그런데 역시 인생은 계획대로 되지 않는다고 했던가. 우리가 딩크 부부가 될 줄은 몰랐다. 딩크가 된 이유는 사실 별거 없다. 그냥 우리 둘이서 사는 삶이 부족함 없이 아쉬움 없이 너무 잘 맞고 행복했기 때문이다. 함께하는 잔잔한 일상에 서로 만족했기에 굳이 아이가 필요한가 싶은 생각이 자연스럽게 든 것이다.

딩크족에 대한 생각이 서로 일치한다는 걸 확인한 이후에 비로소 반려동물을 맞이할까 고민을 시작했다. 이제 아이라는 변수 없이 반려동물을 온전히 책임질 자신이 생겼으니까.

강아지와 고양이 중 고민했는데, 둘 다 너무 좋지만 우리가 맞벌이 부부라는 점, 낮 동안 집을 오래 비운다는 점 때문에 고양이를 입양하기로 마음먹었다. 강아지는 집에 오래 같이 있어주는 게 좋은 동물이지만, 고양이는 상대적으로 야행성 동물이고 혼자 시간을 잘 보내는 특징이 있으니까. (어디까지나 일반적인 특징을 말한 것일 뿐, 어떤 반려동물도 혼자 있는 걸 좋아하지 않는다. 가능하면 같이 오랜 시간을 보내도록 해야 한다.)

고양이 입양을 위해 포인핸드라는 유기동물 입양 앱을 깔고 수시로 묘연을 기다렸다. 네이버 '고양이라다행이야' 카페를 통해 가족을 찾는 고양이를 수시로 보고, 유기묘 보호소에 가보기도 했다. 그리고 둘 다 고양이를 길러본 적이 없기에 일단 연습부터 해야겠다는 생각이 들어서 두 번의 탁묘 경험도 했다. 피부과에 가서 알러지 검사까지 마쳤다.

그렇게 만반의 준비를 한 지 3개월 만에 묘연이 닿은 고양이 두 마리를 한 달 간격으로 데리고 오게 되었다. 첫째는 한 살이 넘은 성인 고양이. 둘째는 4개월 만에 어미랑 떨어진 고양이었다. 둘 다 품종묘 혼혈인지 모색이 코숏(코리아 쇼트 헤어, 흔히 한국의 길에서 볼 수 있는 고양이)과 달랐고 눈 색상도 두 마리 모두 파란색이라 남매가 아닌데도 남매처럼 보였다. 천천히 합사 과정을 거쳐 서로 의지하며 잘 지내는 모습을 보니 정말 부모가 된 것처럼 뿌듯하고 행복했다.

고양이를 기른 이후, 우리 삶은 완전히 달라졌다. 모든 삶이 고양이를 중심으로 재편되었고, 집에 빨리 들어오고 싶은 가장 큰 이유가 고양이가 되었다.

그랬다. 고양이들은 정말 우리의 아들과 딸이 되었다. 이 둘을 만나기 전의 삶으로는 돌아갈 수 없는, 돌아가고 싶지도 않은 삶의 기쁨과 행복이 된 거다.

이혼을 결심하며 두 마리의 고양이에 대해 가장 오래, 깊게 고민했다. 당연히 처음 든 마음은 무조건 내가 데리고 가고 싶다는 거였다. 고양이들은 내 삶의 기쁨이었으니까.

그런데 조금 더 생각해보니 그 고양이들을 순수하게 사

랑만 할 자신이 없었다. 고양이들을 보면서 그를 떠올리지 않을 수 있을까? 혹시라도 고양이들 때문에 내가 힘든 상황이 되었을 때, 그를 원망하는 동시에 고양이들이 순간 밉게 느껴지지 않을까? 그런 순간이 절대 없을 거라고 자신할 수 있을까? 상상만 해도 자괴감이 들어서 고양이들을 똑바로 쳐다볼 수 없을 것 같았다.

만약 그가 조금이라도 고양이들을 사랑하는 마음이 나보다 덜했거나 부족했다면 당연히 망설임 없이 내가 데려왔을 거다. 그러나 다행히 그는 나와 동등하게 고양이들을 사랑했고, 늘 공동 양육을 해왔기에 나와 동일한 수준의 케어를 할 수 있었다.

그리고 현실적인 부분도 영향을 주었다. 이혼 시기의 내 연봉은 그리 높지 않았고, 그에 비해 이사 갈 집의 대출금은 상당히 컸다. 대출금을 갚으며 생활비까지 생각하면 여윳돈이 많지 않은 상황이었다. 반면 그는 나보다 연봉이 훨씬 높았고, 앞으로도 경제적으로 안정되게 살 확률이 높은 사람이었다.

고양이들을 그에게 맡겨야겠다고 결심하고 상의했을

때, 그는 기꺼이 자신이 고양이들을 양육하겠다고 했다. 내가 혹시 고양이들이 보고 싶어진다면 언제든 말해도 된다고 했다. 하지만 난 알고 있었다. 이혼 후에는 더 이상 고양이들을 볼 수 없을 거라는 걸.

그리고 깨달았다. 우리 부부가 아무리 고양이들을 친자녀처럼 아끼고 사랑해도 법적으로나 사회적으로 그들은 그저 동물일 뿐 이혼 시 면회권이 보장되지 않는다는 사실을.

고양이는 강아지와 달라서 집 밖으로 산책을 다니지도 않으니, 고양이들이 보고 싶다면 그가 살고 있을, 지금 이 집으로 방문해서 만나야 한다는 건데 그건 현실적으로 말이 되지 않았다. 만약 몇 년 뒤, 또는 몇 개월 뒤에 그가 재혼이라도 한다면 내가 그 집에 방문한다는 건 더더욱 말도 안 되는 얘기였다. 애초에 내가 그의 재혼 소식을 듣게 될 확률도 없겠지만.

이렇게 고양이들과 영원한 이별이 결정되고 나니, 마음이 무너지는 것 같았다. 하지만 그 또한 결국 이겨내야 한다는 걸 잘 알고 있었다. 모든 것과 이별하는 것만이 내가 살 수 있는 길이라고 여겼으니까. 그의 외도가 나에게 남긴 상처를 이겨내는 방법은 모든 흔적을 지우는 거라고 생각했다. 고양이들의 존재 덕분에 그와 행복했던 시간을 부인하고 싶지는 않지만, 그럼에도 불구하고 그 이별을 감당하는 것이 상처를 끝없이 아물지 못하게 만드는 것보다는 낫다고 여겼다.

안녕, 내 사랑하는 고양이들.
안녕. 언제까지나 너희의 건강과 평화를 빌고 있을 거야. 난 언제나 너희 엄마야.

그림 같은 뭉게구름 아래에서
이혼을 맹세했다

웃으며 이혼선서 하기

이혼 접수를 한 지 어느새 한 달. 우리의 협의이혼 확인 기일이 다가왔다.

1차 기일 또는 2차 기일에는 반드시 부부가 함께 참석해야 한다는 안내를 첫 방문 때 들었고, 하루 전날 법원으로부터 안내 문자도 왔다. 두 날짜 모두 참석하지 않으면 이혼의사가 없어진 것으로 보고, 자동으로 모든 절차가 취소된다. 우리는 진작부터 1차 기일에 참석하기로 정해놓은 상태라 둘다 지난주에 미리 연차휴가를 낸 상태였다.

이혼 접수를 하던 날과 마찬가지로 그날도 우리는 평소

와 다름없는 아침을 시작했다. 일요일인 전날에는 다음 날 이혼하러 법원에 가는 부부답지 않게 함께 산책하고 점심을 먹고 같은 침대에 누워 잠을 잤다. 세상 그 누가 봐도 내일 이혼하러 가는 부부의 모습은 아니었겠지.

아침에는 각자 회사 일을 조금 하고, 점심을 함께 먹은 뒤 법원으로 향했다. 그래도 한 번 가본 길이라고, 법원을 향하는 우리의 발걸음에 망설임은 없었다. 아니, 겉으로만 그럴 뿐, 그는 걸음걸음마다 다른 생각을 하고 있었을지도 모르겠다.

왜냐하면 내가 그랬으니까. 이제 와서 후회하는 것도 아니고, 결과를 되돌리고 싶은 것도 아니었다. 그의 잘못을 용서할 생각도 없었고, 내 선택이 최선이라는 것도 알고 있었다.

다만 이 순간이 마치 꿈같았다. 잠에서 깬 후에도 내 마음에 짙은 흔적을 남길 꿈. 시간이 지나도 문득 떠올라 검은 어둠으로 나를 덮치고, 가끔은 기억조차 잘 나지 않는데도 날 휘감게 될 꿈. 앞으로의 긴 인생에서 이 순간이 얼마나 자주 떠오를지 그때는 짐작할 수 없었다.

정해진 시간에 법원에 도착하니 별도의 방으로 안내해

주었다. 거기에는 우리와 같이 이혼하기 위해 모인 15쌍 정도의 부부들이 이미 자리에 앉아 대기하고 있었다. 이 정도 숫자면 많은 걸까 적은 걸까. 알 수 없는 노릇이다.

우린 모인 부부들을 모두 바라볼 수 있는 가장 뒷자리에 앉게 되었다. 우리와 비슷한 나이의 커플은 한둘뿐이었고, 대부분 40대 중반~50대 정도의 연령대였다. 이미 최소 10년 이상 결혼생활을 해왔을 그들에게도 나 못지않은 많은 일이 있었겠지. 어쩌면 여기서 우리가 가장 사소한 일로 이혼하는 게 아닐까. 속으로 이런저런 쓸데없는 상상을 하며 시간을 보냈다.

순서대로 판결을 위해 한 쌍씩 판사가 기다리는 방으로 들어갔다. 10쌍 정도 들어간 이후, 우리 차례가 되었다. 필수품은 신분증. 판사 앞에 준비된 의자에 나란히 앉아 신분증을 전달하면, 판사가 사진과 대조하여 본인이 맞는지부터 확인한다.

남편의 주민등록증을 먼저 확인한 판사는 사진을 보고, 고개를 들어 말했다.

"W씨, 마스크 벗어주세요."

마스크를 벗은 그의 얼굴을 확인한 후 바로 내 차례로 넘어왔다.

"J씨, 마스크 벗어주세요."

여기서 웃지 못할, 아니 너무 웃긴데 웃음을 참아야 하는 일이 벌어졌다.

내 주민등록증은 무려 17년 전 사진이다. 내가 한 번도 지갑을 잃어버린 적이 없다 보니, 굳이 재발급하지 않고 계속 사용 중이었다. 그런데 내 외모가 17년 전과는 크게 달라진 게 문제였다. 스무 살 무렵에는 통통한 편이었는데, 10년 사이 다이어트도 하고 외모에 신경을 쓰면서 지금의 나는 누가 봐도 성형 후로 착각할 만큼 다른 모습이었다.

그렇다 보니 판사가 마스크를 벗은 내 얼굴을 보더니, 갸우뚱하며 다시 한 번 사진을 보고, 고개를 들어 내 얼굴을 보고. 그걸 2번 반복했다. 나는 이게 무슨 상황인지 너무 잘 알아서 속으로 웃음이 터지려고 했다. 이 진지하고 근엄한 와중에 무슨 일이람.

다행히 판사는 17년 전 내 사진 속에서 지금의 이목구비 중 무언가를 확인한 모양이다. 별 다른 추가 확인 없이 다음 단계로 진행되었다.

"W씨, 이혼에 동의하십니까?"

그는 약 2초 정도 입을 열지 못하다 대답했다.

"네."

"J씨, 이혼에 동의하십니까?"

나 역시 1초 정도, 그렇지만 순간 머리가 하얘지고 긴 시간이 흐른 것 같은 1초 정도가 흐른 뒤, 단단한 목소리로 대답했다.

"네."

두 번은 겪게 되지 않을 판사 앞에서의 시간은 이렇게 끝이 났다.

기일 공판 이후 필수로 제출해야 하는 서류는 협의이혼확인신청서 1부, 이혼신고서 1부이다. 이 서류는 둘이 함께 작성한 뒤, 두 명 중 한 명이 구청에 가서 제출하면 된다. 이 서류들을 제출하지 않으면 이 역시도 이혼 의사가 사라진 것으로 간주하여 그동안의 모든 절차가 취소된다. 이런 일련의 절차를 밟으며 끊임없이 이런 생각이 들었다.

'아. 역시 정부는 어떻게든 부부관계를 유지하게 하려고 최선을 다하는구나. 세금의 원천인 가족관계를 유지하게 하려고 이렇게나 여러 과정과 장치를 만들어서 최대한 이혼을 못 하게 막는구나. 그래봐야 이혼할 사람들은 다 이혼하게 될 텐데.'

법원에서 나오니 저녁 6시 반쯤 되었다. 저녁식사를 할 시간이었다. 법원 바로 뒤에 유명한 두부전문점이 있다고 하길래 방문했다. 자리에 앉아 주문한 뒤, 좀 전에 보았던 판사의 당황스러운 표정을 말했다. 역시 그도 무슨 상황이었는지 바로 알았다고 했다.

"응, 그런 것 같았어요. '아, 사진과 지금 아내 얼굴이 달라서 당황하셨겠구나.'라고 생각했지."

우리는 그 일 덕분에 큭큭거리며 즐겁게 웃었다.

협의이혼 확인 기일에도 이렇게 같이 웃을 수 있는 사람.

같이 정말 많은 걸 공유하고 이해하고 있는 사이.

그렇지만 이제 그 누구보다도 멀어지게 될, 다시는 이어질 수 없는 관계로 바뀌는 사이.

이혼은 이런 거구나. 새삼 웃다가도 슬퍼졌다.

지평선 너머로 뭉게구름이 보이는, 하늘이 참 아름다운 날이었다.

혼자 보낸 첫 명절 연휴

자유롭고 외로웠던 날

이혼 신고까지 마치고 나니 큰일은 거의 끝났고, 나의 이사까지 별다른 이벤트 없이 흘러가고 있었다. 딱 그 기간에 추석 연휴가 있었다.

결혼 전까지 나는 부모님과 계속 같이 살아서 명절마다 북적이는 가족들 틈에서 열심히 전을 부치고 심부름을 하곤 했다. 결혼 후에는 그의 부모님 댁에 이틀 정도 가서 역시나 전을 부치고 설거지를 하고 며느리 리액션을 쏟아부은 후 녹초가 돼서 돌아오곤 했다.

그러나 그해는 달랐다. 난 처음으로 전을 부치는 의무에서 해방되어 부모님 댁에만 하루 다녀올 생각이었다. 아버지가 24시간 교대근무 하는 일을 하고 계신데, 그해는 추석 당일이 일하는 날이셨다. 그래서 추석 전날 방문하기로 하고 아침 일찍 준비해서 부모님 댁으로 갔다. 그는 추석 당일인 다음 날 부모님 댁에 간다고 했다. 알겠다고 하고, 나 혼자 집을 나섰다.

명절 연휴의 지하철은 한산했다. 차가 없는 우리 부부는 늘 명절이면 양손에 선물상자를 들고 전철을 타곤 했다. 처음으로 혼자 전철을 탔는데, 말 한마디 하지 않으며 가는 그 길이 조금 낯설었다. 그래도 한 손에 들려있는 작은 명절 선물 쇼핑백이 내 손을 덜 외롭게 했다.

부모님 댁에 도착하니 밝게 맞이해주셨다. 노력하고 계신 모습이라는 걸 잘 알지만 모르는 척했다. 아침을 차려서 먹는데 점심때 고모네 가족이 온다고 하셨다. 할머니가 작년에 돌아가신 이후, 아빠의 형제들이 명절이라고 다 같이 모이는 일은 이제 없어졌지만, 그래도 고모는 우리 가족과 워낙 친하게 지내서 이번 명절에 오겠다고 했나 보다.

'어라? 그럼 지금 나 혼자 와있는 거 어떻게 말해야 되지?'

고모네가 온다고 하니, 문득 이런 생각이 들어서 엄마에게 물어봤다.

"엄마, 고모한테 저 이혼한 거 말하셨어요?"

"안 했지. 그게 뭐 자랑이라고 미리 말해."

"그럼 이따 고모네 오면 어떻게 말해요? 혼자 와있는 거 이상하게 여길 텐데."

"……."

아무 말도 없는 엄마. 막상 구체적인 해결책은 없지만 이 문제를 생각하고 싶지 않아 하시는 것 같았다. 여차하면 그냥 내 입으로 솔직히 말할 생각으로, 나 역시 더 묻지 않았다.

고모네 가족이 모두 왔고, 푸짐하게 차린 밥상에 모두 둘러앉았다. 그런데 조카사위가 없는 걸 눈치챈 고모부가 물으셨다.

"W서방은 안 왔어?"

내가 1초 정도 어떻게 말을 꺼낼까 고민하는 사이, 엄마가 말했다.

"시댁에 갔대. 이번 추석부터는 각자 집에 가있기로 했다나 봐. 젊은 사람들이잖아."

당황스러웠다. 생각도 못한 엄마의 답변에 오히려 내가 할 말을 잃어서 눈동자가 흔들렸다.

"아 그래요? 역시 요즘 애들은 다르네. 좋네."

고모부가 웃으며 나를 쳐다보시길래, 하하 멋쩍게 웃으며 아무 말도 하지 않았다.

그래. 고모네 가족은 상상도 못 하겠지. 우리 가족 중에 저런 부부가 없다며, 어쩜 저렇게 예쁜 사위와 딸이 있냐며, 예쁨만 받던 부부니까. 그런 부부가 이혼이라니. 차라리 엄마 말이 훨씬 현실적인 상황일 거다.

하지만 엄마의 거짓말 덕분에, 난 엄마가 더 불편해졌다.

추석 당일은 그가 부모님 댁에 다녀오겠다고 집을 나섰다. 명절 당일을 혼자 보내는 건 처음이라 뭘 하고 놀까 고민하다가 날씨가 너무 좋길래 산책을 하기로 했다. 편한 옷에 운동화를 신고 완충된 에어팟을 끼고 좋아하는 음악을 틀며 밖으로 나갔다. 어디까지 걸을까 딱히 목적지를 정하지 않고 걷기 시작했다.

그 무렵 내가 즐겨 들은 음악은 JTBC에서 방송 중인 〈슈퍼밴드2〉 음원이었다. 내가 좋아하는 팀들의 경연곡이 음원으로 발매되어서 그 곡들을 반복 재생하며 걸어갔다. 밴드 음악이다 보니 경쾌하고 신이 나서 발걸음이 무척 가벼웠다.

평소라면 한강변을 따라 걸었을 텐데, 왠지 길가의 매장이나 도로변 풍경이 보고 싶어서 상수역과 합정역을 지나, 망원역까지 가게 되었다. 여기까지 오니 조금만 더 걸어가서 월드컵경기장 근처 평화의 공원까지 가볼까 싶은 마음이 생겼다. 이미 1시간가량 걸은 상태였지만, 체력은 충분히 남아있었다.

평화의 공원 안으로 들어가니 가족 단위 나들이객이 많았다. 어린이들이 앞다투어 연을 날리는 모습, 비눗방울을 불어주는 부모님과 그걸 쫓는 아이들의 모습, 꼬리를 흔들며 뛰어다니는 강아지들 모습에 절로 웃음이 났다. 가져온 물을 마실 겸 비어있는 벤치에 앉아 멍하니 공원을 바라보다가, 문득 깨달았다. 지금 이 안에 혼자 있는 사람이 나뿐이라는 걸.

다른 날도 아닌 추석 당일이라 더 그랬겠지만, 이 또한 참 드문 경험이다 싶었다.

'행복해 보이는 저 가족들이 보기에 난 외로워 보이려나? 그럴 수도 있겠네. 하긴, 이런 생각이 무슨 의미가 있겠어. 어차피 사람은 타인에게 그렇게 관심이 없지. 나도 그러니까.'

다들 각자의 행복 안에서 추석을 보내고 있었고, 나 역시 그동안 경험해보지 못한 크나큰 자유와 작은 외로움을 동시에 느끼며 이제부터의 행복에 익숙해져 가는 중이었다.

이혼한 부부가 함께
TV를 보며 저녁을 먹는다는 것

―――

이 와중에 드라마 정주행

법적으로 이혼을 했음에도 그와 같이 산다는 건, 일상을 함께 보내게 된다는 거다. 우리의 일상은 놀라울 만큼 이혼 전과 똑같았다. 나는 늘 먼저 일어나서 출근했고, 그는 10시쯤 깨서 재택근무를 했다. 어쩌다 그가 사무실로 출근을 하는 날은 밤 8시가 넘어서 집에 도착하곤 했다. 내가 퇴근하고 집에 오면 가장 먼저 고양이들과 인사를 하고, 환기를 시키려고 창문을 열면 창밖 구경을 하려고 고양이들이 모여들었다. 그후 저녁으로 뭘 먹을지 고민했는데, 그 무렵에는 주로 포장해 오거나 밀키트 위주로 먹었다. 서로 요리할 시간이 없기도 했고, 이제 와서 함께 요리하며 맛있는 음식을 해먹을 이유도 없었으니까.

저녁은 대체로 함께 먹었다. 나도 그도 원래 약속이 많은 사람이 아니고, 코로나 시국이라 회식도 크게 줄어서 평일에는 저녁 8시쯤 같이 식사하며 TV를 보는 게 일상이었다. 주로 〈놀라운 토요일〉 같은 예능을 보기도 하고, 취향이 같은 드라마를 발견하면 같이 정주행하기도 했다.

함께 본 드라마는 스릴러 장르가 많았다. 넷플릭스에 가입한 이후 〈기묘한 이야기〉, 〈지정생존자〉 같은 미드를 한참 보다가, 〈시그널〉에 빠진 이후 〈비밀의 숲〉, 〈슬기로운 깜빵생활〉, 〈라이프 온 마스〉 같은 한국 드라마도 챙겨봤다. 드라마나 예능은 한 편이 1시간 30분 정도라서 저녁을 먹으며 보기에 딱 좋았다.

〈손 더 게스트〉 같은 공포 드라마도 그와 함께 보면 좀 덜 무서워서 재밌게 봤다.

"난 아무래도 범인이 누구누구 같은데?"

"아냐, 누구누구가 범인이면 이전 화에서 그런 대사가 안 나오지."

이런 식으로 결말과 범인을 추리하며 스릴러물을 보는 재미가 있었다.

이 무렵 우리가 정주행하기 시작한 드라마는 〈괴물〉이었다. 신하균 배우를 좋아했고, 여진구 배우의 연기도 인상적이었다. 스토리가 내내 흥미진진해서 잘 골랐다 싶었다. 그와 신나게 드라마 내용에 대해 서로의 추리와 예상을 나누다 보면, 문득 지금 우리가 이혼한 사이가 맞나 스스로도 헷갈릴 지경이었다. 그 상황이 우습기도 하고 어이가 없기도 했다.

그때의 내 감정은 지금 생각해보면 비정상적일 만큼 차분했다. 원래도 차분한 성격이긴 하지만 이건 누가 보더라도 이상한 모습이었다. 뇌에서 감정을 무디게 만드는 신경물질이라도 내뿜는 게 아닌가 싶을 정도였다. 지금의 이 고통을, 괴로움을, 막막함을 스스로 느끼지 못하도록.

하긴, 그럴 수밖에 없었다. 그때 나는 누군가가 나에게 괜찮냐 물으면 괜찮다고 해야 했으니까. 그 누구에게도 괜찮지 않다는 말을 할 수 없었으니까. 내가 결정한 일이고, 내가 결심한 상황이니 그로 인해 내가 불행해지면 안 되니까. 설령 불행하더라도 그걸 누군가가 눈치채도록 하고 싶지 않았으니까.

　이혼한 뒤에도 함께 산다는 건, 일상을 함께한다는 건, 상상했던 것보다 쉬웠고, 상상했던 것보다 힘들었다. 얼른 다 끝내버리고 싶은 마음이 들어도 그러지 못하고, 이제 그만했으면 하는 상황에도 그를 계속 봐야 했다. 일단 함께 사는 이상 굳이 힘든 말과 행동을 해서 스스로를 더 힘들게 할 필요는 없었다.

　그 와중에 드라마를 정주행하며 함께 매일을 보낸다는 건, 함께하지 못할 사람과 함께한다는 건, 이런 기분이구나 싶었다.

전남편과
하우스메이트로 살기

———

이혼하고 동거하는 게 이상한가요

보통의 부부는 이혼하면 바로 떨어져 살 것이다. 심지어 내 경우처럼 남편의 외도가 이혼 사유라면 이혼 접수가 되기 전부터 별거하지 않을까 싶다. 하지만 우리는 이혼 절차가 마무리된 후에도 2개월을 더 같이 살았는데, 이유는 단순했다. 내가 구한 집의 이사 시점까지만 같이 살기로 했을 뿐이다. 이혼 후에도 당분간 같이 산다고 부모님께 말씀드리니 걱정을 많이 하셨다.

"불편하지 않겠어? 우리 집에 와있으면 되잖니."

"안 불편해요. 이사를 한 번 더 하는 게 훨씬 불편하죠."

그렇다. 난 그저 합리적인 선택을 했을 뿐이다.

그와 결혼하고 약 7년간 우리는 자의 반 타의 반으로 이사를 4번이나 했다. 그 과정에서 느낀 건 이사는 안 할수록 좋다는 것과 이삿짐이 많을수록 힘들다는 단순한 깨달음이었다.

안타깝게도 나는 이삿짐이 많은 편이었는데, 특히 책이 일반인보다 훨씬 많았다. 대충 세어 봐도 3000권 가까이 됐는데, 10년 넘게 모은 소중한 책들이라 그 책들을 버릴 생각은 없었다. 그 짐을 다른 데 보관이사를 해놓고, 부모님 댁에 옷과 필수품을 챙겨 가고, 2개월 뒤 다시 짐을 챙겨서 새집으로 간다? 상상만 해도 피곤했고, 이사를 두 번 하는 셈이라 돈도 많이 드는 방법이었다. 심지어 그 무렵 회사에서 일이 쏟아지는 중이었기에, 정신적으로도 체력적으로도 그럴 힘이 없었다.

물론 그 모든 건 그가 기꺼이 그렇게 하라고 이해해줬기 때문이기도 하다.

아니, 더 솔직히 말하면 그가 그걸 원했다. 이혼까지 해서 이제 정말 남남인 사이임에도, 그때까지 그는 나를 끊어내지 못했다. 나와의 진짜 이별을 최대한, 할 수 있는 한 미루고 싶어 했다. 그걸 나도 알고 있었기에 어쩌면 그 마음을 이용한 것일 수도 있다. 하지만 이 상황에서 내가 겨우 이만큼 이기적으로 행동했다 한들 무슨 욕을 먹겠는가.

그와의 2개월은 평화롭고 한결같았다. 우리는 여전히 주말에는 손을 잡고 근처 맛집을 찾아가 데이트를 했고, 좋아하는 커피를 사서 집으로 돌아왔다. 고양이들과 같이 놀았고, 주말 예능도 함께 보며 깔깔거리고 웃었다. 퇴근 시간을 서로에게 공유했고, 회사에서 힘들었던 일, 사소한 에피소드를 얘기하다가 잠이 들었다.

그랬다. 전남편만큼 동거인으로 편하고 친한 사람이 없었다. 서로를 배신해선 안 된다는 의무감에서 해방되니, 오히려 참 편해졌다. (물론 이건 나 혼자만 그렇게 느낀 걸 수도 있다.) 이미 6년이나 함께 살며 서로의 생활방식을 잘 알고 있고, 청소와 같은 집안일 배분도 완벽하고, 각자의 취미와 시간을 존중해주는 마음도 그대로였다. 이보다 더 완벽한 하우스메이트가 있을까!

그렇게 생각하고 보니, 이 이별이 조금 아쉬워지기까지 했다. 심지어 어떤 때는 이대로 동거하는 친구로 사는 것도 나쁘지 않으려나, 하는 말도 안 되는 생각이 들 정도였다.

하지만 좋은 점만 있진 않았다. 겉으로 보는 우리는 정말 평화로웠지만, 내 마음이 늘 평화롭지는 않았다.

물론 그의 외도를 아무에게도 말 못 하고 속으로 눈물 흘리던 시기에 비하면 잔잔한 호수 같은 마음 상태였지만, 잔잔한 호수에는 작은 모래알 하나에도 파문이 이는 법이다. 아주 작은 계기로 지난 시간이 다시 떠오르거나, PMS(월경전 증후군) 기간이라 어쩔 수 없이 우울해지는 시기가 찾아오면 나는 또 마음이 울렁였다. 이렇게 멍청이처럼 순순히 이혼해주는 게 잘하는 걸까 하는 뒤늦은 후회도 잠시 스쳤고, 재산분할을 좀 더 할 수 있었을 텐데 너무 적게 받았나 하는 속물적인 생각도 들었다. 무엇보다 이혼을 선택한 게 정말 내 미래의 행복에 최선이었을까 하는, 그제 와서 할 필요도 없고 해서도 안 되는 생각마저 들었다.

그런 쓸데없는 생각이 들 때면 밖으로 나갔다. 마침 햇살이 눈부시고 하늘이 푸른 가을이었다. 시원한 바람을 느끼며 한강을 뛰거나, 그냥 산책만 해도 기분 전환이 잘되는 성격이라 참 다행이다 싶었다. 안 좋은 생각을 오래 담아두어 봤자 그 누구도 신경 써주지 않고 나만 손해인데, 내가 굳이 나를 지옥으로 밀어넣을 이유가 없지 않은가.

나를 끌어올려 줄 수 있는 것도, 나를 응원해줄 수 있는 것도, 나를 아껴주고 지지해줄 수 있는 것도, 가장 먼저 나밖에 없다. 오늘도 나 자신에게 파이팅을 외쳐준다. 넌 분명 최선의 선택을 했고, 그동안 잘해왔고, 앞으로도 틀림없이 잘할 거라고. 이 감정들도 자연스레 사라질 테니 걱정하지 말라고.

평화롭고 이상한 동거도 곧 끝이 난다.

혼자 페달을 밟다

마지막으로 자전거 배우기

그와 함께 사는 날이 2개월도 남지 않은 초가을. 문득 그가 지키지 못한 약속이 떠올랐다.

난 운동신경이 없는 편이라 어릴 때부터 자전거, 롤러스케이트, 스케이트보드 등 그 어떠한 탈것도 제대로 배우지 못했다. 부모님도 바쁘셨고 언니한테 배우기도 애매해서 성인이 된 이후에도 자전거를 타지 못한 채 30대가 되었는데, 그와 연애하던 무렵 내가 자전거를 못 탄다는 말을 한 적이 있다. 자기가 가르쳐주겠다고 했는데, 그때는 딱히 배우고 싶은 마음이 없었다. 무엇보다 넘어지는 게 무서워서 자전거 배우는 걸 미뤘다.

결혼한 후에도 자전거를 배울 타이밍은 좀처럼 오지 않았다. 자전거 생각이 나면 너무 추운 겨울이나 더운 여름이라 배우기 적합한 날씨가 아니었고, 따뜻한 봄가을에는 놀러 다니는 데 정신이 팔려 자전거 생각이 안 났다. 어쩌다 타이밍이 맞아서 그가 가르쳐주겠다고 말해도, 뭔가 이유가 생겨서 미루고 미뤘다. 설마 그게 6년이나 미뤄질 줄은 몰랐지만.

이제 더는 미룰 수 없겠단 생각이 들었다.

"우리 이번 주말에는 자전거 탈까요? 나 당신이랑 살 때 배우지 않으면 앞으로 평생 못 배울 것 같아."

"응, 그러자. 따릉이 빌려서 경의선 숲길 공터에서 해보자. 서강대역 뒤쪽 공터가 좀 넓으니까 거기서 해봐요."

그렇게 시작된 30대의 자전거 배우기 1주 차. 역시나 엉망진창이었다. 긴장을 풀라고 해봐야 초보자에게 씨도 먹히지 않는 말이었다. 팔과 어깨에 한껏 힘을 주느라, 그 후 며칠간 팔이 저려서 움직이지 못할 지경이었다.

2주 차는 반전이 있었다. 성인용 따릉이가 키가 작은 나에게 맞지 않는다는 생각이 들어서 아동용 따릉이, 일명 '새싹 따릉이'를 빌려서 타봤더니 '이거다!' 싶었다. 내 키에 안성맞춤인 안장 높이 덕분에 한결 자전거 다루기가 수월했다. 덕분에 처음으로 그가 잡아주지 않은 상태에서 10여 미터를 움직였다. 너무 기분이 좋아서 바로 이어서 타봤는데, 여지없이 넘어진 걸 보면 그냥 우연인 것 같았지만 말이다.

자전거를 배운 지 3주 차. 장소를 바꿔보기로 했다. 당인리발전소 부지에 새로 생긴 공원으로 갔다. 공원이 조성된 뒤 일반인에게 공개된 지 몇 개월 되지 않아서 주말에도 사람이 많지 않은 좋은 장소였다. 자전거를 타기 좋은 넓은 길이 많아서 자신 있게 새싹 따릉이를 타고 발을 디뎠다.

"와! 된다!"

탄성을 지르며 앞으로 나아갔다. 혼자서 타기를 한번에 성공한 거다. 심지어 몇십 미터를 제대로 탈 수 있었다. 너무 신기하고 재미있어서 그다음 탈 때는 그에게 동영상을 찍어 달라고 했다. 휘청휘청했지만 넘어지지 않고 속도를 붙이는 걸 잘 찍어줘서 만족스러웠다.

'자전거가 이런 기분이구나. 너무 재미있다.'

당인리발전소 공원을 신나게 몇 바퀴 돌며 타다 보니 어떻게 시간이 흘렀는지도 모르게 따릉이 대여 시간 1시간이 지나갔다. 3주 만에 드디어 자전거를 탄다고 말할 수 있는 수준에 도달한 거다.

그리고 4주 차. 이번에는 여의도에 영화를 보러 간 김에 여의도 공원을 돌아보기로 했다. 내 이사가 2주밖에 남지 않은 주말이었다.

'그와 자전거를 타는 것도 이번 주가 마지막이겠구나.'

마지막인 만큼 그동안 배운 걸 잘 복습하고 잊어버리지 않아야겠다고 생각했다. 여의도 공원은 자전거도로가 인도와 분리되어 있고, 훨씬 길어서 자전거를 타기에 더 적합했다. 대신 그만큼 자전거 타는 사람이 많았는데 그중 내가 제일 초심자라 오히려 더 힘들었다. 다른 사람의 통행을 방해하지 않으려다 보니 조심하느라 넘어질 것 같은 아슬아슬한 상황도 있었다. 두 바퀴째부터는 그래도 좀 적응이 돼서 한 번도 멈추지 않고 쭉 달렸다. 날이 좀 쌀쌀했는데도 공원 전체를 한 바퀴 도니까 땀이 제법 났다. 자전거의 재미를 이제야 느끼게 된 게 아쉬울 지경이었다.

"이제 잘 타네, 여보. 나중에…… 혼자서도 종종 타면서
감을 유지하면 될 거예요."

그도 그날이 함께 자전거를 타는 마지막 날인 걸 알았나
보다.

"응, 이제 추워지니까 아마 내년 봄에나 다시 탈 것 같은
데 그때 기억나면 좋겠다."

"탈 수 있을 거예요. 자전거는 한번 배워놓으면 안 잊어
버려."

내년, 그때의 나는 자전거를 혼자 탈 수 있을까. 혼자 발
을 내딛을 용기를 낼 수 있을까. 만약 다 잊어버렸으면 어떡
하나. 그때는 더 이상 내 곁에 남편도, 평생의 반려자도 없을
텐데.

그런 생각이 들었지만 이내 생각하지 않기로 했다. 그저
지금 이 순간 자전거를 배운, 새로운 경험치 하나를 추가한
나 자신을 대견하게 여기기로 했다. 그리고 비록 늦긴 했지만
나와의 약속을 지켜준 그에게 고마운 마음을 전했다.

"고마워요. 당신 덕분에 30여 년 만에 드디어 자전거를

탈 수 있게 됐네. 이제 혼자서도 잘 탈 수 있게 더 연습할게요."

그래, 이제 혼자 해낼 수 있게 노력하자. 자전거도, 인생도. 그에게 배운 것들을 잊지 말고, 혼자 잘 달려가자.

아무 미래가 없던 그날 우리

마지막 산책

그와 결혼한 이후 네 번이나 이사를 다닌 덕분에 배운 노하우 중 하나는 이삿날은 무조건 금요일로 잡아야 한다는 거다. 이삿짐을 새집으로 옮긴 후에도 최소 이틀은 짐을 정리하느라 회사에 나갈 힘도 정신도 없다는 걸 잘 알아서, 이번 이사도 금요일이었다. 회사가 가장 바쁜 시기였기에 하루 전에 미리 짐을 정리한다고 연차를 낼 수도 없는 상황이었다. 그래서 2주 전부터 내가 가져갈 짐을 분리하고 방 한쪽에 몰아놓는 식으로 살림을 정리하고 있었다.

그리고 그가 혼자 살아갈 수 있도록 그동안 나 혼자 관리하던 공과금 처리 방법, 생필품 구매 사이트와 주문 간격, 고양이 용품과 예방접종 간격 등을 차근차근 알려주었다. 흡사 회사의 인수인계 과정 같았다. 우리 부부는 그가 돈을 더 많이 벌어오는 만큼 집안일과 생활 관리에 내 비중이 훨씬 컸기에 그에게 알려줄 사소하지만 중요한 살림 정보가 많았다.

"재산세는 매월 통신사 멤버십으로 백화점 상품권 10만 원권을 한 장씩 산 다음, 포인트로 전환해서 홈텍스 사이트에 들어가서 내면 가장 절약할 수 있어요."

"고양이들 심장사상충 약은 여름에는 4주, 봄가을엔 6주, 겨울엔 8주 정도 간격으로 발라주면 돼요. 잊지 않도록 캘린더에 꼭 저장해놔요."

"세제나 식재료는 여기저기 가격 비교하는 거 귀찮으면 한 달에 한 번 정도 이 사이트에 들어가서 주문해요. 대체로 저렴하니까 이게 편할 거예요."

"도시가스 앱은 이거니까 지금 깔아서 명의변경 해둬요."

이렇게 새삼 하나하나 그에게 알려주다 보니, 엄마가 왜 아빠랑 이혼하고 싶어도 못한다고 했는지 알 것 같았다. 그나

마 우리 부부는 젊으니까 가르쳐주면 어떻게든 잘 해나갈 테다. 하지만 아빠한테 이제 와서 통신사 멤버십이니 도시가스 앱이니 알려드릴 수도 없고, 알려드린다 해도 이해하지 못하실 게 뻔했다.

"저 양반, 나 없으면 못 살 거 아는데 어떻게 헤어지니. 내가 끝까지 데려가야지."

그렇게 말하던 엄마 모습이 좀 더 와닿았고, 우리는 그런 순간이 오기 전에 정리할 수 있어서 다행인가 싶었다.

이삿날 D-6. 함께 보내는 마지막 주말이었다.

"내일은 안산에 갈까? 날씨도 좋다고 하고, 갔다가 내려오면서 당신이 좋아하는 김치찜 먹으러 가요."

토요일 낮에 함께 청소하다가 그가 제안했다. 안산 둘레길은 우리가 참 좋아하는 장소다. 매년 한두 번은 다녀왔는데, 데크가 잘 깔려있어서 무리 없이 두 시간 정도 운동 겸 산책하기 좋은 곳이다.

"응, 그러자."

일요일 아침 10시쯤 집을 나섰다. 집 앞에서 버스를 타고 30분 정도 가야 안산 둘레길 입구에 도착한다. 우리는 늘 서대문소방서 근처에서 출발했다. 올해는 처음 온 것 같은데, 오랜만에 와도 입구부터 기분이 좋아졌다. 예쁘게 길에 깔린 낙엽을 보니, '아, 이미 가을도 끝나가는구나. 시간이 참 빠르네.' 하는 생각이 들었다.

가벼운 발걸음으로 산에 올랐다. 그도 나도 등산을 잘하는 편이다. 체력도 좋고 몸도 가벼운 사람들이라 산길이나 언덕길은 무리 없이 산책처럼 다니곤 했다. 원래는 그와 등산을 더 많이 다니고 싶었으나, 주말에 12시는 되어야 잠에서 깨는 그에게 새벽 7시부터 등산을 가자고 하는 건 미안해서 그러지 못했다. '이사 갈 동네는 산과 바로 붙어있으니, 이제 혼자서 잘 다녀야지.' 생각하며 산을 올랐다.

올라가는 중간중간 그가 사진을 찍어주겠다며 앞으로 가보라고 했다. 이제 나에게 잘 보일 필요도 없는데, 이런다고 내 마음이 변하지도 않고 우리의 헤어짐을 되돌릴 수도 없는데. 내 모습을 이렇게 뒤늦게라도 사진에 남겨놓고 싶었던 걸까. 어색하게 그의 핸드폰 앞에서 그를 바라봤다. 아마 제대로 웃지 못했겠지. 마스크가 있어서 다행이었다.

걷는 동안 무슨 대화를 나눴는지 잘 기억나진 않는다. 그 당시 둘 다 회사가 바쁘고, 팀 내 문제들 때문에 고민이 많아 그런 얘기를 나누지 않았나 싶다. 그러나 왜 대화 내용이 기억나지 않는지에 대해선 정확히 기억이 난다. 우리 대화에 이제 더 이상 미래에 관한 얘기가 없었기 때문이다.

"다음에는 뭘 먹으러 가자."

"돌아오는 주말에는 여기에 가보자."

"내년 봄에는 해외여행을 가자."

이런 주제를 더는 입 밖으로 말할 수도 없고 해서도 안 됐다. '이 말을 해도 되나?'라며 생각을 한 번 거르다 보니, 말할 수 있는 주제가 한정적이었다. 마음에 안 드는 상대가 나온 소개팅 자리에서의 알맹이 없는 대화나 다름없었다.

물론 그보다야 당연히 서로를 위해 진심으로 얘기했지만, 5일 뒤면 더 이상 연락하지 않을 사람과 얼마나 생산적인 대화를 할 수 있었을까. 그렇지만 우리는 우리가 함께 보낼 마지막 주말을 아름답게 마무리하고 싶었다. 슬픈 기억이 아니라, 선선한 공기와 예쁜 단풍, 파란 하늘과 새소리로 기억하고 싶었다.

분명 내일부터 이삿날까지는 둘 다 회사일 때문에 야근이 많아서 이렇게 이야기를 나눌 시간이 없을 거다. 우리가 제대로 함께 보내는 마지막 하루가 될 거라 생각했는데, 그날이 우리에게 나쁜 추억은 아니어서 다행이었다.

우리는 우리답게 이별을 맞이하고 있었다.

웃으며 안녕, 울며 안녕

이사하는 날, 헤어지는 날, 혼자가 된 날

11월 첫 금요일.

벚꽃이 떨어지던 봄, 나와 그의 이별이 시작되었고, 단풍이 지는 계절에 우리의 이별은 마무리되었다.

모든 게 끝나는, 잊지 못할 하루였다.

전날 퇴근하고 나서부터 짐 정리에 정신이 없었다. 그의 짐과 내 짐이 섞이면 안 되기에, 내가 가져갈 짐을 모두 거실로 미리 빼두고, 거실에 있던 그의 짐은 안방에 넣어두었다. 수 천 권의 책이 있는 서재에서는 그의 짐을 모두 비웠다. 이삿짐센터 분들이 헷갈려서 그의 짐을 실으면, 이사 후에 그에게 연락해야 되는 상황이 벌어질 테니까 더 철저히 분리했다. 짐을 빼놓기만 하는 건데도 밤 12시가 다 되어서야 대충 마무리하고 잘 수 있었다. 이사는 보통 아침 7~8시부터 시작되기에 일찍 자야 했고, 이 정도 피로면 금방 잠이 들 것 같았다.

안방에 들어가자 책상에서 회사 일을 하던 그가 평소대로 다정한 목소리로 말을 걸어왔다.

"이제 다 정리했어요? 피곤하겠네."

"응, 진짜 회사 다니면서 이사하는 건 보통 일이 아니네요. 당신은 아직 자려면 멀었죠?"

"늘 그렇지 뭐. 먼저 자요. 내일 8시에 이삿짐센터에서 온다고 했죠? 나도 그때 깰게."

알겠다고 하며 그의 등 뒤에 누웠다. 평소처럼 고양이 두 마리가 내 머리맡으로 다가와 털썩 눕더니 그릉그릉 소리를 냈다. 이 행복한 소리를 들으며 잠드는 것도 오늘이 마지막이다. 순간 눈가가 시큰해지는 것 같았지만, 벌써부터 눈물이 터지면 안 된다는 생각에 애써 무시하고 눈을 감았다.

이삿날은 평소와 다를 것 없이 이른 시간에 눈이 떠졌

고, 자고 있는 그를 두고 안방을 나와 평소처럼 고양이들과 인사하고 물을 마셨다. 제대로 밥을 챙겨 먹을 틈은 없을 것 같아서 전날 사놓은 빵과 커피로 아침을 대신하며 준비를 시작했다. 그도 곧 일어나서 안방을 나왔다.

"여보, 잘 잤어요?"

그는 아직 나를 여보라고 부른다. 난 그와 헤어짐을 결심한 이후 단 한 번도 그를 여보나 자기라고 부르지 않았다.

"응. 잘 잤어요? 어제 늦게 자서 피곤하겠네."

"괜찮아요. 이따 직원분들 오시면 아이들은 내가 안방에 데리고 있을게."

"응, 아마 3시간 정도 걸릴 테니까 좀 더 자면서 있어요. 배고플 텐데 지금 뭐 먹어둬요."

평소와 다름없이 평온하고 일상적인 대화가 오고 갔을 뿐, 그 외에 서로 다른 말은 하지 않았다.

곧 이삿짐 차량이 도착했고, 분주하게 짐을 옮기기 시작했다. 책이 정말 많다면서, 자기 이사 경력이 20년인데 이렇게 책 많은 분은 처음 본다며, 작가냐고 물어보셨다. 이사할 때마다 들었던 얘기라 멋쩍게 웃으며 "그냥 책을 좋아해서 모은 거예요. 힘드시죠? 죄송해요."라고 말씀드렸다.

한 시간 뒤쯤 언니가 도착했다. 언니 차에 내 귀중품을 미리 옮겨놓고, 이사가 끝나면 언니 차를 타고 내 집으로 향할 예정이었다. 이삿짐을 다 내리려면 아직 시간이 좀 남아서 언니와 거실에서 이런저런 대화를 나눴다. 인터넷 신청이나, 이사 후 저녁으로 뭘 먹을지 같은 사소한 대화들. 그 사이 그는 안방에서 나오지 않고 계속 고양이들과 같이 있었다.

"사모님, 짐 다 옮겼고요. 저희 점심 먹고 거기 도착하면 오후 1시쯤 될 겁니다."

"네, 고생하셨어요. 저도 거기로 바로 갈게요."

이삿짐센터 분들이 떠난 뒤, 언니가 내 짐이 든 작은 쇼핑백 두 개를 들고 차에 가 있을 테니 천천히 나오라고 하며 먼저 주차장으로 내려갔다.

똑똑.

"이제 나와도 돼요. 다들 가셨어."

그가 방에서 나오니 안방에 갇혀 있느라 어리둥절했을

고양이들도 바로 따라 나왔다. 낯선 냄새가 많이 나는지 여기저기 냄새를 맡고 다니는 고양이들을 보며 쓰다듬으려다가 이내 손을 멈췄다. 고양이들과 마지막 인사를 하기 위해 뭔가 말하는 순간 감정이 터져버릴 것 같았다. 애써 고양이들을 보지 않고 그에게 말했다.

"다 옮긴 것 같긴 한데, 혹시 남은 내 짐이 나오면 대부분 그냥 버려도 돼요. 당신이 생각하기에 아주 중요한 물건 같으면 연락해서 알려줘요."

"응, 그럴게. 다…… 잘 둘러보고."

빈방을 보니 새삼 이 집이 혼자 살기엔 넓구나 싶었다. 특히 그는 둘이 살던 집에 혼자 남겨지는 거니까 나보다 그 빈자리가 더 크게 느껴지지 않을까.

노트북과 몇 가지 잔짐이 든 백팩을 메고 신발을 신었다. 마지막으로 신발장을 한 번 열어보고 현관을 나섰다. 그는 슬리퍼를 신고 엘리베이터 앞까지만 배웅했다.

엘리베이터를 기다리는 그 짧은 시간, 서로 마지막으로 눈을 마주쳤다.

"잘…… 가요, 여보. 일이 있으면 언제든 연락하고."

감정이 얼굴에 잘 드러나지 않는 그였지만, 그가 울음을 참고 있다는 게 느껴졌다.

"응, 당신도 잘 지내고, 고양이들 잘 부탁해요. 고양이들한테 무슨 일 생기면 꼭 연락 주고."

나 역시 조금만 더 참자는 마음으로 애써 덤덤하게 말했다.

엘리베이터가 도착해서 문이 열렸다. 바로 탑승해, 그를 마지막으로 쳐다봤다. 그 짧은 3초의 시간 동안, 우리가 함께 보낸 지난 시간들이 스쳐지나갔다.

"갈게요. 잘…… 있어요."

마스크를 쓰고 있었지만 나는 작게 미소를 띠며 마지막 인사를 했다.

"응…… 응……."

더는 울음을 참지 못해 말을 잇지 못하는 그의 얼굴을 마지막으로, 엘리베이터 문이 닫혔다.

나 역시 참아왔던 울음이 엘리베이터 문이 닫히고 나서, 아니 아직 채 닫히기 전에 왈칵 터져버렸다. 이제 정말 끝이라는 걸 몸서리치게 깨달을 수밖에 없는 순간이었다. 이렇게 눈물이 날 거라곤 생각하지 못했는데, 도저히 멈출 수 없는 감정이 흘러나왔다.

주차장에서 언니가 기다리고 있었다. 아무 말 없이 펑펑 눈물을 흘리며 차에 탔더니, 언니는 아무것도 묻지 않고 조용히 운전해서 주차장을 나섰다. 지하 주차장에서 나오는 순간 눈부신 햇살이 느껴졌다. 아마도 한참 동안 오지 않을, 내 30대 대부분을 보낸 동네를 떠나며 정말 많은 감정이 휘몰아쳤다.

하늘은 유독 파랗고 공기는 맑았고 나는 그 순간 불행했다. 사랑하던 가족, 내 평생의 동반자라 생각했던 사람은 이제 내 곁에 없고, 내 삶에 기쁨을 주던 고양이들과도 헤어졌다. 이제 정말 혼자 살아가야 한다는 사실 하나만 차가운 칼날처럼 나를 파고들었다.

어쩌다가 내 인생이 이렇게 바뀐 걸까. 물론 원인은 그에게 있다. 하지만 이 최종 결정은 온전히 나의 선택이었다. 이 선택을 하지 않아도 되었다는 걸 나도 안다. 어쩌면 이혼하지 않고도 잘 살아갔을지 모른다. 아니, 정말 어쩌면 이혼하지 않았다면 더 행복하게 살았을지도 모르겠다.

하지만, 내가 나로서 스스로에게 부끄럽지 않게 살려면 그의 잘못을 용서해선 안 됐다. 그의 잘못을 모르는 척해서도 안 됐다. 나의 동반자가 떳떳하지 못한 사람이어선 안 됐다. 결국 나를 나답게 만들고 싶은 마음이 내 인생에서는 가장 중요했던 거다.

잘 살아가자, 나답게.

지금의 이 상황도 불과 몇 년 전의 나는 상상도 못 했던 일이다. 앞으로의 내 삶에도 어떤 일이 일어날지 알 수 없다. 그 모든 변수 속에서 변하지 않는 것은 결국 내 삶이 오직 내 결정 속에서 흘러갈 거라는 사실이다. 어떠한 결정을 하더라도 나답게 선택하자. 설령 그게 나를 조금 덜 행복하게 할지라도.

차 안에서 흐르는 눈물을 닦으며 파란 가을 하늘을 바라봤다. 난 예측할 수 없는 두 번째 여행을 시작하는 중이다. 적어도 첫 번째 여행보다 더 단단하고 의연하게 이 여행을 즐길 수 있을 거라 믿는다.

Chapter 3

돌싱으로 사는 건 처음입니다만

단풍이 물든 하늘 아래 나 혼자

———

고요함에 익숙해지기

단풍이 곱게 물든 가을, 나는 혼자 살아가기 시작했다.

앞으로 내가 살아갈, 홀로 꿋꿋이 살게 될 새로운 집에 도착했다. 인테리어 공사를 하고 들어온 거라 바로 어제저녁에 봤던 집인데도, 오늘 다시 보니 새로운 기분이었다. 포장이사를 했기에 대부분 짐은 제자리에 있었지만, 문제는 책이었다. 책은 나만의 꽂는 순서와 방법이 있기에 이사할 때마다 늘 직접 꽂았다.

"사모님, 서재가 이쪽이시라고요? 책은 어떻게 할까요?"

"그냥 책장만 여기랑 여기에 나란히 둬주시고 책은 그 앞에 쭉 쌓아주세요. 제가 정리할게요."

"네, 알겠습니다!"

다소 밝은 목소리로 기꺼이 그러겠다고 대답하시는 걸 보니 솔직한 분이시구나 싶었다. 하긴, "책들도 제가 원하는 대로 다 꽂아 놓고 가주세요."라고 말하는 사람도 있을 것 같다. 책이 많지 않았다면 나도 내가 지불한 포장이사 금액에 대한 권리이니 당연히 그렇게 말했겠지만, 책 3000권을 순서 대로 꽂아 달라고 하는 건 도리가 아니라고 생각했다.

이삿짐 트럭이 떠나고, 바로 가전제품들이 들어오기 시작했다. 성격이 급한 편이라 주말에 90퍼센트 이상 짐 정리를 하고 싶었고, 그러려면 대형가전이 준비되어야 했다. 세탁기, 건조기, 70인치 TV, 4도어 냉장고까지. 누가 봐도 혼자 자취하는 사람의 가전 구성은 아니었다.

하긴 나를 자취하는 사람이라고 정의하기엔 표현이 좀 부족하다. 나는 이제부터 아마도 영원히 혼자 살아갈 1인 가구이니, '영원히 자취할 예정'이라고 해야 하나. '완전히 혼자 평생을 살기 위해 준비를 하는 거니, 이 정도 가전은 당연히 갖춰야지.'라고 스스로 소비에 대한 합리화를 했다.

　냉장고를 설치하러 온 기사분이 주방 베란다로 가더니, 창밖 풍경에 감탄하셨다.

　"와! 경치가 정말 좋네요. 좋은 곳으로 이사 오셨어요."

　친절한 기사님의 립서비스였을 수 있지만, 그 말 덕분에 기분이 좋아졌다. 아까 이삿짐센터 이모님도 집이 너무 좋다며 덕담을 해주셔서 기분이 좋았다. 이래서 칭찬은 늘 아끼지 말아야 하나 보다. 그 말을 듣고 나도 한 번 더 창밖을 바라봤다. 예쁘게 단풍이 물들어있었고, 하늘은 파랬다. 그와 살던 집에서 나올 때 봤던 그 하늘이었다. 그는 지금 내가 없는 집에서 혼자 하늘을 바라보며 무슨 생각을 하고 있을까. 아니, 이런 생각도 이젠 하지 말아야지.

　언니가 온종일 같이 고생해서 저녁으로 돈가스를 배달시켜 먹었다. 오늘 먹은 첫 끼니라서 맛있게 느껴졌다. 아직 짐 정리가 안 끝나 자고 갈 집 상태가 아니기도 했고, 언니도 집 밖에서 자는 걸 좋아하지 않아 저녁 7시쯤 돌아간다고 했다.

　"오늘 고마워, 언니. 조심히 들어가."

　"응, 너도 짐 정리는 내일 하고 쉬어. 오늘 고생했다."

끼익, 철컹.

현관문이 닫히고, 순간 고요함이 나를 감쌌다. 이 지구에 혼자 남겨진 것 같은 기분마저 들었다. 다행히 이웃의 TV 소리와 윗집의 발망치 소리가 들려왔다. 발망치 소리가 반가울 줄이야.

이렇게 적막함 속에 계속 있다간 쓸데없는 생각에 잠길 것 같아서 서둘러 TV를 켰다. 나에겐 언니가 스마트TV에 세팅해주고 간 넷플릭스, 웨이브, 티빙 3종 세트가 있다. 예능 프로그램을 하나 틀어놓으니 그제야 집에 온기가 도는 것 같았다. 이래서 자취하는 사람들이 구독 서비스를 끊지 못하는 건가.

첫날은 안방과 거실만 깨끗이 비워놓고 잠을 청했다. 매트리스와 이불만 덩그러니 놓여있는 텅 빈 침실. 드레스룸을 따로 뒀더니 방이 너무 텅 비었다. 내일은 안방에 놓을 스탠드 조명이라도 하나 사야겠단 생각을 했다.

새로 산 매트리스에 누워 천장을 바라보았다. 이사 로망 중 하나였던 실링팬이 눈에 들어온다. 지금은 가을이라 저걸 사용하는 건 내년 5월은 되어야겠지만, 그래도 기대대로 예쁘게 달려서 기분이 좋았다.

온종일 피곤했던 하루라 잠이 금방 올 줄 알았는데, 영 잠이 오질 않았다. 이유는 알고 있다. 이혼 후에도 늘 같은 침대에 자던 남편도, 그릉그릉 소리를 내며 머리맡에서 잠들던 고양이들도 이제 없다. 유독 텅 빈 방이 원망스럽기도 했고, 안고 잘 여분의 베개라도 가져올 걸 하는 뒤늦은 후회도 들었다. 그렇게 뒤척이면서 1시간가량을 보낸 것 같았다.

"진짜 혼자네. 괜찮아. 잘할 수 있을 거야."

아무도 듣지 않을 말을 입으로 뱉어봤다.

주말 내내 집 정리를 하고 3일 만에 출근했더니 이사 잘 하고 왔냐고 동료들이 관심을 보였다. 역시 이사는 할 게 아니라며, 이번엔 정말 오래 살아야겠다고 너스레를 떨었다. 그도 그럴 것이 작년에 이사하고 올해 또 이사를 한다고 하니 다들 기겁했다. 심지어 전월세도 아니고 매매인데 1년에 한 번씩 이사라니, 이게 무슨 일인가. 이번에는 회사랑 가까운 곳으로 왔으니 집들이를 하라길래 당연히 그러겠다고 웃어보였다.

그날은 평소보다 조금 늦게 퇴근했으나 나의 퇴근을 기다리는 사람은 이제 집에 없다. '오늘 늦어요. 먼저 저녁 먹어요.'라고 메시지를 보낼 남편도 이제는 없다. 지난주와 다른, 그러나 앞으로 쭉 다니게 될 경로를 따라 집에 돌아왔다. 사실 돌아왔다는 말이 아직 낯설다. 내가 돌아가던 집은 이 집이 아니었으니까. 며칠 전까지만 해도 나를 기다려주는 예쁜 두 마리의 고양이와 남편이 함께 사는 안전하고 쾌적한 우리 집이 내가 돌아갈 곳이었다. 하지만 그날 내가 돌아온 길은 조금은 무섭고, 조금은 불편한, 그래도 회사와의 거리는 더 가까워진 곳이었다. '출퇴근 시간은 확실히 줄었네. 잘 골랐네.'라며 스스로 대견해하며 집으로 들어갔다. 다른 단점은 애써 무시한 채.

　　띠띠띠띠 띠리링—
　　도어록을 열고 들어가니 적막함만이 집 안을 가득 채우고 있었다. 주말에 귀가했을 때와는 또 다른 느낌이었다. 퇴근 후 집으로 돌아올 때 앞으로도 이런 기분이겠구나 싶어서 순간 심장 한편이 욱신거렸다.

혼자 있는 시간을 싫어하지 않는다. 아니, 오히려 꽤 좋아하는 편이라고 생각했다. 그런데 그건 내게 언제든 돌아갈 가족이 있고, 사랑하는 사람이 있을 때 누리는 자유에서 온 거였다. 이제는 돌아갈 가족도, 사랑하는 사람도, 사랑하는 고양이들도 없이 강제로 무한하게 누리게 될 혼자만의 시간, 혼자만의 공간이다. 그 둘의 차이가 이렇게나 크구나. 나는 나 자신을 잘 안다고 생각했는데 환경과 상황이 변하니 내가 알던 나의 모습도 한결같지는 않구나, 하는 생각도 들었다.

하지만 이 또한 분명 익숙해지고 무덤덤해지는 순간이 올 거란 걸 알고 있다. 그때까지는 차라리 이 적막함과 쓸쓸함을 즐겨봐야겠다. 가끔은 자기 연민에도 마음껏 빠져보자.

먼 훗날, 아니 어쩌면 얼마 지나지 않아 '내가 그때 그랬나? 지금은 너무 좋은데.' 하며 이 순간을 추억할 날도 올 테니까.

혼자 블라인드를 달다

이사 후 일주일쯤 되었을까. 퇴근 후 집에 오니 며칠 전 주문했던 블라인드가 문 앞에 도착해 있었다. 생각보다 큰 여섯 개의 박스를 보고 1차 충격. 들어보니 생각보다 너무 무거워서 2차 충격. 그게 그중 가장 작은 박스였다는 게 3차 충격.

하지만 이제 난 무거운 짐을 스스로 옮겨야 하는 1인 가구다. 문 앞에서 이걸 어떻게 해야 하나 잠시 고민하다, 지렛대 원리를 이용해서 한쪽을 들어 올린 후 의자에 기대고, 집 안으로 밀어넣은 후 반대쪽을 들어 올렸다. 그렇게 여섯 개의 블라인드를 집에 넣은 것만으로도 퇴근 후 얼마 남아있지 않던 체력이 소진되는 기분이었다.

'요즘 이사한다고 운동을 안 했더니 티가 나네. 운동 좀 해야겠다.'

지켜질지 모를 다짐을 속으로만 해봤다.

저녁을 먹었더니 떨어졌던 체력도 조금 살아났는지 블라인드를 달아보고 싶었다. 하나만 시험 삼아 달아 보려고 박스를 뜯었다. 못 없이 설치할 수 있는 부품을 샀는데 처음 사용해보는 거라 방법을 잘 몰랐다.

그와 함께 살 때는 집에 설치할 게 있으면 모두 그가 했다. 나는 설치 외의 모든 일을 했다. 구매 전 치수를 재고, 디자인을 고르고, 가격 비교를 하고, 쿠폰과 할인카드를 적용해서 구매까지 담당했다. 각자 잘하는 일을 하는 방향으로 우리의 역할 분담은 잘되어 있었다. 하지만 이제 나에게 분담할 역할 따위는 없다. 모든 건 스스로 해야 한다.

다시 한 번 사용 설명서를 보니 생각보다 쉽게 조립할 수 있었다. 하나를 성공하자 의기양양해진 기분이었다. 이제 부품에 블라인드만 끼우면 설치 완료다. 자신만만하게 창가로 가서 엊그제 산 사다리를 밟고 올라섰는데…….

"아차!"

사다리 위에 올라서도 손이 안 닿았다. 내 키가 작다는 걸 잊고 있었다. 3단짜리 사다리가 아니라 4단짜리를 사야 했는데. 하지만 이미 엎질러진 물이니, 어떻게든 최대한 까치발을 들고 낑낑대며 설치해봤다.

"으으! 아악! 으라차!"

어차피 집 안에 나밖에 없으니 소리를 지르며 힘을 모아 블라인드를 창틀 부품에 고정했다. 제일 크고 무거운 블라인드를 성공하니 내친김에 다른 것도 해치우고 싶었다. 약 한 시간 반에 걸쳐 거실 큰 창과 작은 방 창에 모두 설치를 마쳤다.

그와 함께 살 때는 내가 이런 일을 할 필요가 전혀 없었다. 남편에 비해 힘이 약했으니 서로 일을 나눴던 거였고, 힘 쓰는 걸 못하는 나로서는 다행스러운 일이었다. 하지만 어쩌면 내가 힘을 내서 어떻게든 할 수 있는 일 하나를 해보지 못한 채 살아왔던 것일 수도 있다.

오늘 난 삶을 살아가는 데 필요한 기술 하나를 추가했다.

블라인드 설치를 마치고 나니 밤 11시였다. 후다닥 뒷

정리를 하고 설거지를 하고 샤워를 했다. 머리를 말리고 옷을 입으려던 찰나, 전화가 울렸다. 그에게서 걸려온 전화였다. 순간 심장이 쿵하고 두근거리는 걸 느꼈다. 잠시 망설이다 전화를 받았다.

"여보세요."

"여보, 나야."

여전히 나를 여보라고 부르는 그. 정말 변하지 않는 사람이다.

"응."

"집이에요?"

"응. 집이에요."

"갑자기 전화해서 미안해. 어이없을 수 있는데요, 혹시 우리 집 현관 비밀번호가 뭐였지?"

생각도 못한 이유였다.

"응? 비밀번호? 당신이랑 내 생일 붙여서 만든 번호잖아요."

"그렇지? 그런데 눌렀는데 안 열려서. 한 번 더 틀리면 잠길 것 같아서 못하고 있네. 일단 한 번 더 해볼게."

"띠띠띠띠 띠띠띠띠, 띠리링."

전화기 너머로 문 열리는 소리가 들렸다.

"아, 열렸다. 아까 왜 안 열렸지. 미안해요, 이런 걸로 전화해서."

스스로도 어이없다 싶었는지 허탈한 목소리의 그.

"아니에요. 그럴 수도 있지. 늦게 퇴근했네?"

"응, 그렇지 뭐. 자기는…… 좀 어때요? 잘 지내요? 밥은 잘 챙겨 먹었고?"

"응. 잘 지내요. 밥도 잘 먹었고. 당신은?"

"응, 나도……. 회사에서 밥 잘 먹고 있어."

잠시 침묵이 흐른다. 그는 무언가 더 말하고 싶은 것 같았지만, 입이 떨어지지 않는 듯했다. 내가 먼저 전화를 끊겠다고 말하기엔, 나 역시 그 말이 쉽게 나오지 않았다.

"갑자기 전화해서 미안해요. 피곤할 텐데 얼른 쉬어요."

그가 망설이다 말을 꺼냈다.

"응. 당신도 늦게 퇴근해서 피곤하겠다. 얼른 들어가서 쉬어요."

나도 더 이상 말을 잇지 않고 통화를 마쳤다.

통화 종료를 누른 뒤, 눈가가 잠시 뜨거워졌다. 이 늦은 시간에 퇴근하는 여전한 그의 모습이 안쓰럽기도 했고, 집에서 외롭게 기다리고 있었을 고양이들이 안타깝기도 했다. 현관 비밀번호를 깜빡할 정도로 정신을 놓고 사는 것 같아서 마음이 아프기도 했다. 나보다 마음이 약한 사람이라 헤어진 뒤 아마 나보다 더 힘든 시간을 견디고 있을 거다.

하지만 내가 해줄 수 있는 건 아무것도 없다. 그를 동정할 이유도 사실 나에겐 없다. 그렇지만 함께 보낸 7년의 시간이 애잔한 마음을 가져오는 건 어쩔 수 없었다.

내가 블라인드를 혼자 달 수 있게 된 날, 그는 현관 비밀번호를 기억하지 못했다. 우리 둘은 이미 각자 견뎌가며 어떻게든 서로가 없는 삶에 적응하는 중이었다.

누가 새벽에 나를 깨웠나

—

한밤의 공포

혼자 살기 시작한 지 1개월. 캄캄한 밤을 홀로 보내는 일에 익숙해지고 있었다. 그런데 어느 새벽, 아마도 새벽 2, 3시 정도 되지 않았을까.

"콰과과과과광!!!!!"

집 어딘가에서 엄청나게 커다란 소리가 났다. 소리를 듣자마자 너무 놀라 눈을 번쩍 떴다. 그리고 아무것도 할 수 없었다. 아니, 하지 못했다. 그 찰나의 시간에 온갖 생각이 들었다.

뭐지?

뭐지?

뭐지?

누가 집에 침입한 걸까?

현관이나 창문을 강제로 연 걸까?

그럼 난 어떻게 해야 하지.

아, 내가 왜 방문에 잠금장치를 안 달았을까.

불과 몇 초 사이에 수많은 생각이 스쳐지나갔다. 누군가 침입했을 가능성이 높았지만 이럴 때 어떻게 해야 하는지에 대한 매뉴얼 따위는 당연히 내 기억 속에 없었다. 할 수 있는 건 오직 가만히 있는 것뿐이었다.

소리가 난 이후 몇 분간 가만히 귀를 기울이고 뒤따라올 소리에 집중했다. 인기척이 느껴지는지, 누군가 조심스레 걷는 소리가 들리는지 확인하기 위해 정말 미동도 없이 가만히 있었다. 그러나 10분이 넘게 지나도, 아무리 기다려도, 더 이상 다른 소리가 들리진 않았다.

'이 정도면 누가 침입한 건 아닌 거 같은데 괜찮지 않을까?'

조심스럽게 일어나 숨 죽이고 침실 문을 열었다. 내 생에 이처럼 긴장하며 문을 연 적이 있었던가. 대학 졸업 후 취업을 위해 최종 면접실로 들어가며 문고리를 잡았을 때의 긴장감도 여기에 비할 바는 아니었다.

거실에 나와봐도 역시나 아무 인기척도 없었다. 10분 전에 눈을 떠서 이미 눈이 어둠에 익숙해져 불을 켜지 않아도 집 내부가 훤히 보이는 상황이었다.

가장 먼저 현관으로 갔다. 아무 이상도 없었다. 이중으로 잠가놓은 현관은 여전히 견고히 날 지켜주고 있었다. 외부에서 그다음으로 침입하기 쉬워 보이는 거실 창으로 갔다. 아무 이상도 없었다. 작은방과 화장실을 순서대로 보았다. 아무 이상도 없었다.

그리고 마지막으로 제일 작은 방, 내 서재. 아! 여기에서 사건이 벌어졌다. 이사 오고 감히 엄두가 나지 않아 아직 정리하지 못하고 마구 쌓아놨던 책들이 우르르 무너져 있었다.

"너희였구나!"

이 어이없는 상황이 허탈해서 헛웃음이 났다. 새벽 두시에 벌어진 소름 돋는 리얼 공포 체험기. 혼자 살기 시작한 이후 최대의 공포였고, 내 인생에서 이보다 무서운 순간은 손에 꼽을 수 있을 정도다.

그와 살 때였으면 이럴 때 분명 덜 무서웠을 거다. 그가 먼저 일어나 앞장서서 상황을 파악해줬을 거고, 나에게 안심하고 기다리라며 진정시켜줬겠지. 하지만 이제 난 이런 돌발 상황에도 재난에도 스스로 대처해야 한다. 일단 각 방문에 안전장치를 하나씩 더 추가해야겠다. 만일을 위해 경기도에서 만든 안전귀가 서비스 앱도 깔아야겠다.

나의 게으름 덕분에 또 하나 인생 경험치를 획득했다.

오늘의 교훈 : 책 정리는 미루지 말자.

예능과 SNS와 회사의 공통점

텅 빈 집에 울려 퍼진 웃음소리가 알려준 것

그와의 짧은 통화 이후로 내 삶은 놀라울 만큼 단조로웠다. 하지만 혼자 있을 때도, 사람들과 있을 때도, 수시로 마음속에 혼란과 우울이 찾아오고는 했다.

내가 소속된 팀의 특성상 매년 연말에는 야근이 반복되었다. 이 시기에도 역시나 주 3일 이상 야근하며 바쁜 나날을 보내고 있었다. 일어나면 씻고 출근하고, 정신없이 회사 생활을 하다가 문득 그가 생각나면 다시금 지난 기억이 떠올라 화가 나기도 하고 억울하기도 하고 허탈하기도 한 기분이었다.

고양이들은 잘 지내고 있을까, 하며 사진첩에 한가득 있는 고양이들 사진을 보고 또 보며 그리워하는 시간도 많았다. 그러다가 다시 고개를 가로저으며, 쓸모없는 생각은 하지 말자며 다시 현실에 집중해 일만 하다 늦은 저녁에 집에 돌아와서 TV를 켤 틈도 없이 바로 씻고 눕는, 그런 매일의 반복이었다.

너무 기계처럼 일만 하고 사는 나 자신이 안타깝고 애처로운 기분이 들 때가 있었다. 그럴 때는 집 근처를 산책하고 산에 오르기도 했다. 단골 카페를 만들어볼까 싶어 동네 카페 탐방에 나서기도 했다.

이사 전 몇 번 동네를 산책했지만, 이사 후 더 구석구석 다녀보니 생각보다 더 오래된 동네이긴 했다. 재개발이 진행되는 구역이 많았고, 곳곳에 공사장과 유흥업소들, 길에서 담배 피우는 공사 인부들이 많은 조금 무서운 동네라는 느낌이 들었다. 전에 살던 동네와 비교해서 그런지 몰라도, 괜스레 내 삶의 질이 떨어진 것 같아서 슬퍼질 때도 있었다.

그럴 때는 '아냐, 내 집을 가진 30대 싱글 여자가 흔치 않잖아! 나중에 더 좋은 동네로 가면 되지!'라고 괜히 더 긍정적으로 생각하며 안 좋은 생각을 떨쳐버리려고 노력했다.

혼자 산 이후 부모님께 전화가 자주 왔다. 엄마와는 원래 일주일에 한 번은 통화했으니 크게 달라진 건 없었지만, 이상해진 건 아빠였다. 아니, 이상한 게 아니라 당연한 일이다. 이혼한 막내딸이 혼자 살기 시작했으니 걱정되는 건 부모로서 당연한 일이지만 아빠는 1년에 한두 번 통화할까 말까 한 분이라 나로서는 이상할 수밖에 없었다.

특히 술에 취해 전화를 많이 하셨다. 그럴 때면 나도 제대로 통화하기 힘들다는 걸 잘 알고, 술 취한 아빠를 좋아하지 않기도 해서 살갑게 통화하기 어려웠다. 일부러라도 더 효도해야지 생각하다가도, 마음처럼 말이 나오지 않을 때는 너무 죄송한 마음이 함께 찾아왔다.

평소 SNS를 거의 하지 않는다. 인스타그램만 비공개 계정으로 하나 가지고 있다. 그마저도 좋아하는 고양이나 강아지 계정이나, 웹툰 계정을 팔로우해서 틈틈이 보려고 만들어 놓은 용도다.

혼자 산 이후에는 침대에 누워도 옆으로 다가오는 고양이들이 없어서, 습관적으로 핸드폰을 만지작거리다 보니 인스타그램을 더 많이 보게 되었다. 그러다 알고리즘이 이끌었는지 tvN의 〈놀라운 토요일〉 영상을 우연히 봤다. 그와 함께 살 때 저녁을 먹으며 늘 시청했던, 가장 좋아하는 예능 중 하나다. 김동현 선수의 재밌는 영상 하이라이트였는데, 나도 모르게 웃음이 나왔다.

조용하던 집 안에 내 웃음소리가 퍼지자 문득 깨달았다. 내가 오늘 처음 웃었다는 걸.

이혼 전에는 웃을 일이 많았다. 내 곁엔 그가 있었고 고양이들이 있었고, 행복이 있었다. 반면, 이번 주말 내가 어떤 일을 했나 돌이켜보니 웃음이 나올 일이 없었다. 하필이면 미세먼지가 최악이었고, 하필이면 예능 프로그램조차 보지 않았다. 그저 청소하고 빨래를 넌 뒤 멍하니 하늘을 보며 시간을 보냈을 뿐이다.

내일부터는 〈놀라운 토요일〉이든 〈무한도전 레전드 편〉이든 일부러라도 재밌는 영상을 좀 더 챙겨 봐야겠다고 생각했다.

행복해지는 것에도 노력이 필요한 법이니까. 나를 우울의 바다에서 건져 올릴 수 있는 건 나 자신밖에 없으니까.

이혼했냐고 묻고 싶은 거 알아요

—

돌싱 커밍아웃

아이러니하게도 그 시기의 나에게 회사가 힘이 되어주었다. 바쁜 시간이 다른 생각을 하지 못하게 막아주고, 내 속사정을 모르는 회사 동료들은 늘 즐겁게 나를 대했다. 나 역시 내 상황을 전혀 티 내지 않고 밝게, 언제나처럼 성실하게 일했다. 이래서 사람은 일을 멈추면 안 되나 보다.

하지만 회사라고 늘 마음이 편할 수 없는 시기이기도 했다. 이혼 전에는 알 수 없던 또 다른 문제가 나를 고민에 빠트렸다.

　　법적인 이혼은 몇 개월 전 이미 한 상태였다. 가족과 친한 친구를 제외하곤 굳이 밝힐 필요가 없는 일이라 말하지 않았는데, 회사의 친한 동료들한테는 말해야겠구나 싶은 생각이 들었다.

　　회사 동료들과 평소 워낙 친하게 지내는 사이이고 남편 이야기도 자주 했었다. 그래서인지 다들 나에게 스스럼없이 남편에 대한 질문이나 사소한 이야기를 자주 건네는 편이다. 그런데 이혼 후에는 더 이상 그 질문들에 대답할 수가 없어서 적당히 거짓말을 하며 넘어갔는데, 그런 내 모습이 영 낯설었다.

　　원래 거짓말을 싫어한다. 그와 헤어진 이유도 정직하지 않은 모습을 용납할 수 없었기 때문이다. 남에게 엄격한 편은 아니지만, 나 자신과 배우자에게는 기준이 엄격하다. 사실 그 외의 사람들은 어떻게 살든 내가 알 바가 아니고, 내 기준에서 이해 못 하는 행동을 해도 '그럴 수도 있지.'라고 생각하는 성격이니까.

　　그런 내가 반복해서 거짓말을 하는 지금 상황을 그냥 두는 게 맞는 걸까? 아니, 그건 나답지 않은 모습이었다.

그렇다고 "알립니다. J차장은 얼마 전 이혼했으니까 앞으로 남편 얘기는 금지입니다."라며 전체 메일을 보낼 수는 없는 일. 일단 사적인 일을 자주 공유하는 가까운 동료에게만 커피를 마실 때 타이밍을 봐서 사실을 알렸다. 다들 예상대로 너무 놀랐다.

그럴 수밖에 없는 게, 우리 부부를 롤모델로 삼고 "차장님네 부부처럼 살 수 있다면 저도 결혼하고 싶어요. 너무 이상적이에요."라는 말을 수도 없이 들었으니까. 그런 얘기를 들을 때 기분 좋았다. 왜냐하면 그게 내가 꿈꾸던 삶의 목표 중 하나였으니까. 결혼하고 30년, 40년이 지난 후에도 둘이 손 꼭 잡고 다니며 서로를 아끼고 사랑하는 타의 모범이 되는 부부로 살고 싶었다. 그리고 그와 나라면 그런 부부가 될 수 있을 거라고 믿었다. 내 인생의 버킷리스트 중 하나였지만 역시 인생은 늘 계획대로 되지 않는 법이다.

가까운 사람들에게 사실을 알리고 나니 회사 생활이 훨씬 편해졌다. 오히려 말해줘서 고맙다고, 더 가까운 사이로 발전하는 계기가 되었다. 회사에 이혼 사실을 알리는 문제로 고민했을 때, 어떤 사람은 회사에 약점을 먼저 오픈할 필요가 뭐 있냐고 충고했다. 그때 난 그렇게 생각하는 사람이 있다는 사실에 더 충격을 받았다. 이혼이 약점이라고 생각한다는 것도 놀라웠고, 회사 동료와는 친구가 될 수 없다고 생각하는 마음도 조금 이해가 되지 않았다. 난 네 번의 이직을 했는데 각각의 회사에서 모두 좋은 사람들을 많이 만났고, 대부분 10년 이상 친구로 지내며 인연을 이어가고 있다. 이번 회사에서도 이혼 사실을 말하기로 결심한 사람들은 모두 나를 아껴주는 좋은 사람들임을 알고 있다.

이혼 후 남편은 이제 곁에 없지만, 그래도 나를 지지해주고 응원해주는 친구는 여전히 많다는 걸 느낀다. 인생을 막 살지는 않은 것 같아 다행이다.

가까운 사람들은 솔직한 고백으로 문제가 해결되었다. 이제 그 외의 사람들이 문제다.

아는 지인들과 대화를 나누다 보면 남편이나 자취 얘기가 주제로 나올 때가 있다. 그럴 때 "저도 혼자 살아요."라고 말했더니, 그들의 눈동자가 흔들리는 게 느껴졌다. 그들은 날 기혼자라고 알고 있었으니까. 이게 무슨 소리인가 싶은 표정과 숨길 수 없는 당혹감. 참, 사람들 표정은 솔직하다. 그런데 내가 더 부연 설명을 안 하니, 더 묻지도 못하고 눈동자만 굴릴 뿐 순간 정적이 흐른다.

"어라? 결혼하지 않으셨어요?"라고 솔직하게 물어보면, 나 역시 "네, 그런데 몇 개월 전에 이혼했어요."라며 대수롭지 않게 대답했겠지만, 묻지도 않은 말을 내가 나서서 하는 게 맞나 싶은 생각이 들어서 뭐라 말하기 힘들었다.

이혼 후 알게 된 사람들에게 하는 자기소개도 약간 애매했다. 물론 초면에 "안녕하세요. J입니다. 기혼이었는데 지금은 미혼입니다."라고 자기소개를 할 일은 없겠지만, 자연스럽게 대화 중에 결혼 여부를 알 수 있는 주제가 나오기도 하니까.

그럴 때 나는 미혼인 척하는 게 맞는 걸까? 아니, 현재는 배우자가 없는 미혼 상태인 건 맞는데, 이게 '척'이 되는 건가. 혼란스러웠다.

설문조사에도, 회원가입을 할 때도 '기혼'과 '미혼', 선택은 오직 두 가지뿐이다. 한자로 기혼은 '이미 기(旣)' 자를 쓰니, 한 번 결혼한 경험이 있는 나는 기혼자라고 부르는 게 맞을 수도 있겠다. 반대말로 국어사전에서 미혼을 '아직 결혼하지 않음'이라고 정의했으니, 그 해석에 따르면 난 더더욱 기혼인 게 맞다.

그럼 누군가 나에게 "결혼하셨어요?"라고 물어보면 "네, 결혼했습니다. 그런데 배우자는 없어요. 이혼했거든요."라고 말하는 게 정답이긴 할 텐데, 이건 솔직한 걸까, TMI일까.

이성 만남이 목적인 자리에서 처음 만난 사이라면 처음부터 돌싱임을 밝히는 게 당연하다고 생각하지만, 그 외의 자리에서 누군가가 묻지도 않았는데 굳이 먼저 말하는 건 의미 없는 TMI라는 생각도 든다. 정보 교류와 스터디 목적의 모임에서 "안녕하세요. 돌싱입니다."라고 말할 이유는 없지 않은가.

이쯤 되니, '아 어쩌란 말인가.' 하는 답답한 생각도 든다. 내가 지금 이걸 왜 고민하고 있나 싶다가도, 이혼 후 정말 자주 겪게 되는 상황이라 고민이 안 될 수가 없었다.

결혼 전에도, 결혼 후에도.

이혼 중일 때도, 지금도.

결혼 여부와 상관없이 나는 그냥 나답게, 나 자신으로

잘살고 있는데. 왜 이런 분류와 호칭을 신경 써야 하는지 조금 우스워졌다. 받아들이는 사람이 어떻게 보든 신경 쓰지 말고, 내가 소개하고 싶은 대로 나 자신을 소개하기로 결심했다. 어떻게 말해도 기만이라면, 적어도 나 자신에게 솔직해지기로.

돌싱 카페 가입
하루 만에 탈퇴한 썰

사람의 숫자만큼 서로 다른 욕망

그와 헤어진 지 3개월 정도 지났을 무렵, 정신없이 바쁜 와중에 문득 외로움이 찾아왔다. 생각해보니 이사를 한 건 3개월 전이지만, 실제로 이혼 사유가 발생한 시점으로부터는 1년이 다 되어간다. 그 기간 동안 나는 회사를 다니며 일하고, 이혼 절차를 밟고, 집안일을 하고, 헬스장을 가고, 가끔은 산책을 하며, 기계처럼 정확한 루틴으로 똑같은 일상을 사는 중이었다.

법적 이혼을 하기 전까지는 어쨌든 유부녀니까 당연히 이성을 만날 생각을 하지 않았다. 이혼하고 혼자 살게 된 이후엔 회사가 너무 바빴다. 매일 9시 넘어서 퇴근하는데 남자는 무슨.

주변에 나처럼 이혼한 친구가 있으면 이럴 때 어떻게 사람을 만나는지 참고 삼아 물어보기라도 할 텐데, 그 흔하다는 돌싱이 왜 하필 내 주변에는 없는 걸까.

이 외로움의 근원을 먼저 생각해봤다. 이건 육체에서 오는 걸까, 정신에서 오는 걸까. 둘 다 혼재되어 있긴 하겠지만 이때의 나에겐 정신적 외로움이 컸다. 결혼생활의 가장 큰 장점은 마음과 가치관이 맞는 평생 친구를 갖게 된다는 건데, 평생 친구가 내 곁에 없어서 오는 외로움이 큰 비중을 차지했다.

그럼 이를 달래기 위해 내가 할 수 있는 일은 뭘까? 큰 고민 없이 가장 쉽고 빠르게 시도해볼 수 있는 건 돌싱 카페였다. 포털 사이트의 카페 앱을 켜서 '돌싱' 키워드로 검색해봤다. 역시나 회원수 수만 명 이상의 카페가 제법 많았다.

그중 한 카페에 들어가봤는데, 그럭저럭 최신 글이 많고 댓글도 많이 달리는 활성화된 카페로 보였다. 너무 조용한 카페는 가입해봐야 의미가 없을 것 같다는 생각에 나름 용기를 내서 회원가입을 했다. 왜 회원가입을 하는 데 용기가 필요했는지는 잘 모르겠다. 어쨌든 내게는 이 또한 새로운 세계를 경험하는 거였다.

가입 승인은 금방 됐고, 여러 게시글을 볼 수 있게 되어 글을 몇 개 읽어보았다. 이런저런 수다를 떠는 게시판부터 이혼 관련 Q&A 게시판, 번개 게시판까지.

특히 인상적이었던 건 자기소개 게시판이었다. 단순한 자기소개가 아니라 '30문 30답'으로 양식이 정해져 있었는데, 정말 상세한 질문들이라 그 글을 쓴 사람이 어떤 사람인지 파악하기 좋아 보였다.

자기소개 글 몇 개를 읽어보며 느낀 건, '와! 이런 것까지 오픈한다고?' 싶은 개인정보가 매우 많다는 거였다. 본명과 휴대폰 번호를 제외한 거의 모든 정보를 적은 사람이 많았고, 심지어 사진을 올리는 자신감 넘치는 사람들도 많았다. 숨길 게 없는 솔직한 사람들이겠지만, 생판 남인 나조차도 괜히 걱정이 되었다.

여성 회원 중 사진을 올린 사람들은 보정 사진임을 감

안하더라도 외모에 꽤 자신이 있는 사람들이었다. 하긴, 원래 핸드폰의 기본 카메라로 찍은 얼굴은 내 얼굴이 아니다. 카메라 앱으로 찍은 얼굴이 내 얼굴이라고 생각하는 게 정신건강에 좋은 법이다. 사진을 올린 여성 회원의 글에는 많게는 100여 개의 댓글이 달려있었다. 사진이 첨부되지 않은 여성 회원 글에도 기본적으로 30개 이상의 댓글이 달렸다. 남성 회원의 게시글에는 댓글이 10개도 안 달리는 걸 생각하면 이 카페의 목적성이 꽤나 분명히 드러나는 느낌이었다.

게다가 놀라웠던 건, 나에게도 그런 관심이 집중되었다는 거다. 가입 승인 메일을 받은 뒤 카페에 들어가서 아무 게시글도 쓰지 않고 그저 글을 읽기만 했는데도, 그 사이 쪽지를 20개 넘게 받았다. 모두 남성 회원들의 당연히 읽어볼 가치도 없는 욕망 가득한 스팸 쪽지들이었다.

그리고 깨달았다.

'아, 이 카페에서 내가 원하는 걸 찾을 수는 없겠구나.'

아마 나도 다른 여성 회원들처럼 30문 30답을 올리고 얼굴이 잘 안 보이는 사진이라도 한 장 첨부하면 남성 회원의 댓글과 쪽지를 폭탄처럼 받을 수 있었을 거다. 잠시나마 인기에 도취되어 '역시, 내가 시도를 안 했을 뿐 인기가 없는 게 아니었어. 나 아직 죽지 않았다고!'라며 기분이 좋아질 수도 있겠지. 하지만 그 후에 찾아올 허무함과 부끄러움 역시 내가 감당해야 할 거다.

돌싱 카페에서 활동하는 사람들은 그들 나름의 목적과 즐거움이 있기에 꾸준히 카페를 이용하고 있을 거다. 그게 이성과의 만남이든, 친구를 사귀는 것이든, 시간 때우기든, 단순히 육체적 욕구를 해결하기 위해서든.

그렇다면 나는 그 안에서 나의 어떤 결핍을 해결할 수 있을까? 스스로에게 물어봤지만, 그 안에는 내가 원하는 게 없었다. 카페에 가입하면서도 그걸 여기서 발견하진 못할 거라는 걸 알고 있었다. 95퍼센트의 호기심과 5퍼센트의 작은 기대를 갖고 가입했던 돌싱 카페를 두 시간 만에 탈퇴했다. 탈퇴 역시 빠르고 간편했다. 쉽게 쉽게 인생의 친구를 찾으려 해봤지만, 역시 얄팍한 시도는 할 게 아니다.

안부를 묻다, 눈물을 참다

———

전남편의 전화를 받다

회사에서 직급이 높아질수록 맡은 일의 양과 책임이 늘어났다. 작은 회사를 다니다 보니, 팀원이 적어서 혼자 처리해야 할 일이 많아 야근을 반복하고 있었다. 그날도 늘 시켜 먹는 샐러드 도시락집에서 저녁을 배달시켜 먹은 뒤 팀원 한 명과 야근 중이었다. 사무실은 조용했고, 팀원과 나 외에는 아무도 없으니 우리끼리 편하게 대화를 나누며 각자의 일을 하고 있었다.

그러던 중 핸드폰 진동이 울렸다. 이 시간에 전화가 올

일이 없는데 하고 고개를 돌려 쳐다보니, 그의 이름이 떠 있었다.

쿵.

잔잔하던 마음이 쿵쿵 소리를 내며 빨라짐을 느꼈다. 조용히 폰을 들고 비어있는 회의실로 걸어가며 전화를 받았다.

"……여보세요?"

"자기야, 나야."

여전히 나를 자기라고 부르는 그의 다정한 목소리. 우리가 헤어진 지 벌써 6개월이 다 되어가는데 당신은 참 여전히 당신이구나 싶었다. 이 다정한 목소리를 들으면 누가 우리를 이혼한 부부라고 생각할까.

"응."

"퇴근했어요?"

"아니, 오늘은 야근 중이었어요."

"아, 지금 회사구나. 요즘도 일이 많아요?"

"응, 그렇지 뭐. 당신은요?"

"나도 매일 똑같지. 그래도 재택근무하니까, 집에서 일하고 있어요."

"다행이네. 저녁은 먹었어요?"

"응, 그냥…… 적당히 있는 걸로 먹었어."

아마 잘 챙겨 먹지 못했을 거다. 같이 살 때도 내가 없는 날은 늘 라면이나 빵 한 조각 구워 먹는 식으로 끼니를 대충 때우던 사람이었다.

"전화한 건 다른 게 아니라, 내가 마저 줘야 하는 돈 있잖아. 그거 언제 줄지 미리 말해줘야 자기도 계획 세우기 좋을 것 같아서."

이혼 당시 약속했던 남은 위자료를 예정보다 빠른 6월 중순까지 줄 수 있을 것 같다고 말했다. 우리가 약속한 시일보다 빨리 주는 거면서도, 원래 이혼하자마자 줬어야 했는데 기다려줘서 고맙다고 말했다.

오히려 난 그가 시간이 더 필요하다고 하면 기다릴 생각이었다. 그가 다니는 회사는 워낙 큰 회사라 뉴스에서 늘 접하는데, 요즘 그 회사의 주가가 크게 떨어지고 있다는 소식을 들었기 때문이다. 그가 스톡옵션을 행사해서 남은 위자료를 줄 거라고 알고 있었기에, 요즘 주가로는 나에게 줄 돈을 마련하기 쉽지 않을 거라고 생각했다.

"응, 나는 급하게 쓸 일은 없으니까 당신 편할 때 줘도 돼요. 기간이 더 필요하면 말해줘요."

"아니야. 원래 작년에 줬어야 하는 돈을 내 사정 때문에 늦춘 건데 그럴 수는 없지."

잠시 침묵이 흐르다 그가 조심스럽게 입을 떼며 요즘 안부와 근황을 전했다.

"당신은 코로나 아직 안 걸렸어요? 난 얼마 전에 걸렸어. 덕분에 집에 계속 있었네."

"아, 그래요? 많이 아팠어요?"

"응, 조금. 열도 나고 기침도 났는데, 지금은 괜찮아요."

내가 없을 때 아팠다는 말을 들으니 괜히 마음이 아팠다. 원래 기흉을 앓았던 적이 있어서 기침하면 많이 힘들어하는 사람이었다.

"다행이네."

"아, 그리고 지난달에는 내가 계속 미뤘던 안식휴가가 있잖아. 그걸 썼어요."

그의 회사는 일정 기간 근속하면 1개월의 안식휴가를 준다. 그는 무려 두 개의 안식휴가를 못 쓴 채 가지고만 있었다. 회사가 너무 바빠서 1개월이나 휴가를 쓸 틈이 없었기 때문이다. 함께 살 때도 내가 그렇게 일만 해서 어떡하냐 제발 좀 쉬어라 해도 책임감 때문에 안식휴가를 쓰지 못했던 사람이다.

"그래요? 잘했네. 어디 좀 다녀 오지 그랬어요."

"고양이들도 있고, 멀리 가긴 힘드니까. 그냥 부모님이랑 동생네 부부랑 같이 강원도에 2박으로 다녀왔어요."

"아, 기왕 한 달이나 쉬는데 멀리 여행 좀 다녀오지 그랬어요. 그럴 때는 나한테 연락해서 고양이들 맡겨도 돼요. 당신한테 무슨 일 생겨서 돌보기 어려우면 나한테 말하라고 했잖아요."

"응, 그건 아는데. 어차피 당신도 없이 나 혼자 어디 여행 다니지 않잖아요. 다음에 그런 일 생기면 연락할게."

이런저런 근황 얘기를 몇 가지 더 하다, 그가 이어서 말했다.

"그리고 난 지금도 매일 당신 꿈을 꿔."

쿵.

심장이 조여 오는 느낌이었다. 뭔가 말이 목구멍에서 걸린 기분이었고, 괜히 눈물이 고였지만 꾹 참았다.

왜 이 사람은 이렇게 계속 바보 같을까. 난 당신 없는 삶에 익숙해지고 있다고, 다른 사랑을 찾아보려고 돌싱 카페도 가입했었다고, 외롭지만 어떻게든 이겨내려고 이런저런 일을 하고 있다고 말하고 싶었지만 할 수 없었다. 내가 그런 말을 하면 분명 그는 이 미련을 더더욱 끊어내지 못할 거다. 그런 사람이니까.

"요즘도 꿈 자주 꾸나보네요? 깊게 못 자죠?"

"늘 그렇지. 당신이 있을 때보다 더 깊게 못 자는 것 같긴 해."

"……"

뭔가 말하려다가 입을 다물었다. 내가 더 이상 뭘 해줄 수도, 잔소리처럼 조언을 해줄 수도 없었다. 이제 우리는 부부가 아니니까. 무려 6개월 전에 끝난 인연이다. 우리는, 아니 적어도 나에게는 더 이어가면 안 되는 인연이었다.

내가 아무 말이 없자 그가 말했다.

"자기 일해야 되는데 내가 너무 오래 통화했네. 미안해요."

"아니에요. 괜찮아."

"그럼 일 얼른 하고 퇴근해요. 내가 다음에 또 연락할게."

"응. 당신도 푹 쉬고요."

"응. 그럴게……."

수화기 너머 그의 목소리가 천천히 잠겨가고 있는 게 느껴졌지만, 모르는 척하며 먼저 통화 종료 버튼을 눌렀다.

통화를 마친 후, 참지 못하고 눈물이 흘렀다. 왠지 참을 수 없는 기분이 복받쳐 올라 고개를 들어 천장을 바라봤다. 괜찮아진 줄 알았는데, 이제 아무렇지 않을 줄 알았는데. 잘 먹지도 잠들지도 못하는 그가 안타까웠다. 여전히 나에게서 미련을 버리지 못하는 그가 안쓰러웠고, 그런 그에게 지금도 애정이 남아있는 나 자신이 한심했다.

우리의 지난 7년이 겨우 6개월 만에 사라지긴 힘든 일이었다. 내가 아무리 바쁜 일상을 살아도 그 없는 삶에 익숙해져 있어도, 이렇게 겨우 10분 남짓의 짧은 통화만으로도 우리가 함께한 그때가 다시 떠오르는구나 싶었다.

5월의 어느 화요일 밤, 텅 빈 사무실에서 그의 전화를 받고 나는 또 흔들렸다.

얼른 눈물을 훔치고 화장실에 가서 코를 풀었다. 그에게 다시 연락이 오는 건 아마 마지막 입금이 끝난 이후일 거다. 그때까지 내 마음이 더 잔잔해지면 좋겠다. 좀 더 마음이 단단해지면 좋겠다. 그래서 우리의 마지막 통화가 지금까지의 우리처럼 나쁘지 않은 모습으로 마무리되길 바랐다.

상처받는 게 두려워서
다신 사랑하지 않을래?

아픔에서 꽃이 피고 있었다

"상처받는 게 두려워서 사랑하지 않을래? 난 누군가에게 사랑을 줄 때 가장 행복했어."

그와의 짧은 통화 이후 <사랑할 때 버려야 할 아까운 것들>이라는 영화에 나온 저 대사를 우연히 보았다. 대사를 들으며 나는 어떨까 생각해봤다. 사랑을 줄 때 물론 행복했지만, 그 전에 내게 오는 사랑이 먼저 있어야만 더 행복하다고 느꼈다.

그럼 나는 그와 살면서 행복하지 않았을까?

아니, 비록 그가 다른 여자를 동시에 사랑한 용서할 수 없는 잘못을 저질렀지만, 그가 날 사랑했다는 건 알고 있었다. (이 말을 듣고 누군가는 나에게 멍청하다거나 착각 속에 빠져있다 할 수도 있겠지만 그건 내가 알 바는 아니다.) 결혼 전에도 여러 연애를 통해 사랑받는다는 게 뭔지 충분히 경험했고 그와의 관계 역시 사랑이었음을 안다.

행복하다고 느끼는 순간이 많았던 결혼생활이었다. MBTI 유형 중 잇티제(ISTJ)답게 그는 적극적으로 마음을 표현하는 사람이 아니었음에도 늘 최선을 다해 표현해주었고, 그 마음을 자주 느꼈다. 그 덕분에 웃고 행복하고 포근했던 날들을 부정하고 싶지 않다. 그가 내게 준 절망을 부정하지 않듯이, 행복도 진실 그대로 받아들이자고 생각했다.

이렇게 생각할 수 있는 건 다행히 나 자신에게 확신이 있기 때문일 거다. 난 내 행복이 뭔지 알고, 내 마음이 하는 소리를 제대로 들으며 살고 있으니까.

그와 살았던 7년이 거짓과 기만으로만 가득했다면, 진작 그와 미련 없이 이혼했을 거다. 그렇지 않음을 알기에 그의 잘못을 두 번이나 묻어두고 어떻게든 그 행복을 이어가고 싶었다.

결국 진짜 행복을 위해선 여기서 멈춰야 한다는 걸 깨닫고 그와 이혼하게 되었지만, 변하지 않는 한 가지는 그가 나를 지난 7년간 충분히 사랑해주었다는 거다.

그 소중한 마음을 잊지 말고, 다만 이 아픔만 치유하자. 내게 남은 긴 인생에서 분명 또 마음껏 사랑할 날이 올 거니까.

문득 돌아보니 내 마음은 긴 겨울을 지나, 뒤늦게 봄꽃을 피워내고 있었다.

평생 친구와 헤어지는 게 이혼

———

홀로 축배를 든 날

6월 무렵, 매 년 한 번씩 하는 회사 임원과의 직무 면담이 있었다. 작년 면담에서는 과제를 많이 받았고 칭찬도 거의 듣지 못했는데, 이번에는 같은 부사장님이 맞나 싶을 만큼 칭찬을 많이 해주셨다. 안 하던 칭찬을 하셔서 내가 다 어색할 지경이었다.

상반기 업무를 깔끔하게 잘 마무리했다는 말과, 무엇보다 우리 부서가 직원들끼리 아무 문제없이 다들 사이가 좋은데 내 역할이 컸다며 추켜세워 주셨다. 부서에서 팀장님을 빼고 내가 제일 고참이라 내 덕이라고 생각하시는 듯했다. 나 역시 조직관리에 노력을 많이 기울였는데, 그 부분을 인정받아서 내심 뿌듯했다.

팀장으로 성장하려면 앞으로 넘어야 할 산이 많지만, 일단 부사장님께 작년보다 좋은 평가를 받은 면담이라, 마치고 나서도 기분이 제법 좋았다. 지난봄에 인사고과와 연봉을 들었을 때도 기대보다 좋은 결과가 나와서 무척 기뻤던 일이 문득 떠올랐다.

연봉 인상과 좋은 인사고과는 내 노력의 결과로 얻어낸 좋은 뉴스임에도 누군가에게 대놓고 말할 수 없다는 점이 비슷했다. 그 둘은 결과가 좋든 나쁘든, 친구나 회사 동료에게 말하기 어렵다. 심지어 부모님께도 있는 그대로 말하기 애매하다. 나처럼 부모님과 떨어져 사는 경우는 더욱 그렇다.

그럼 이런 좋은 소식을 그동안 누구에게 말했냐 하면, 결국 남편이었다. 세상에 유일하게 서로의 돈벌이와 재정 상태를 오픈하는 관계가 부부라고 생각한다. 난 오직 배우자에게만 인사고과 결과와 연봉협상 결과를 숨김없이 말해왔고, 그 기쁨과 실망도 솔직히 말할 수 있었다.

우연인지 모르지만, 남편과 이혼을 결심한 이후로 계속 연봉이 크게 오르며 유례없이 회사에서 인정받고 있는 중이다. 파트장 직책을 받은 것도 올해가 처음이라 부담스러우면서도 열심히 커리어를 쌓아온 것 같아서 보람도 컸다.

이런 성과들이 배우자와의 관계에 더 이상 신경을 쓰지 않고, 오직 일에만 집중해서인지는 잘 모르겠다. 아마 우연이라고 생각하지만, 내 안에서 어떤 스위치가 켜진 것일 수도 있다. 블라인드를 혼자 달 때도, 집에 쌓아둔 책더미가 무너져도, 외로움이 문득 사무칠 때도, 앞으로 나 혼자 해결하며 살아가야 한다고 마음먹으니 어떻게든 해결했듯이, 앞으로 혼자 밥벌이하고 살려면 회사에서도 더 성과를 내야겠다는 무의식이 발현된 것일 수도 있겠다 싶었다.

어쨌든 앞으로 계속 혼자 살아갈 나로서는 이런 결과가 안정적인 노후에 도움이 된다는 걸 알기에 순수하게 기뻤다. 어딘가에 자랑이라도 하고 싶은 기분이었다. 하지만 이제 내 곁엔 이 기쁨을 이 순간, 바로 이 날, 함께 기뻐해주고 축하해줄 사람이 없다.

문득 지난 통화 때 이 얘기를 했으면 어땠을까 싶었다. 분명 진심으로 축하해줬을 거다. 내가 작은 회사에서 인정받지 못하며 적은 연봉을 받을 때도 늘 나를 지지해주고 믿어주던 사람이었다. 좋은 회사로 이직하고 연봉이 오르는 과정에서도 "당신이 잘할 거라는 걸 알고 있었다. 그동안의 회사가 인재를 못 알아본 거다."라며 응원해준 사람이었다.

하지만 이제 그에게 이런 말을 할 이유도 기회도 없다는 건 내가 제일 잘 알고 있었으니까.

어쩔 수 없이 혼자 축배를 들어야겠다고 생각했다. 마침 바쁜 야근 시즌이 끝나 퇴근 후 혼자 술 한 잔 마시기 좋은 시기였다. 집에 사뒀던 위스키 중 뭘 마실까 고민하다 기분 좋은 날이니 비싼 걸 마시자며 조니워커 블루라벨을 꺼냈다. 조니워커를 한 잔 따르고 안주로 견과류와 초콜릿을 준비해서 마시려던 참이었다.

"띠링."

폰에서 알람이 울렸다.

그의 후회, 나의 이해, 우리의 안녕

———

마지막 전화, 마지막 한마디

핸드폰에서 알람이 울린 건 밤 10시를 조금 넘긴 시간이었다. 방금 따른 위스키를 한 모금 마신 뒤 폰을 열어보니 은행 앱에 '7***원이 W님으로부터 입금되었습니다.'라는 알람이 떠 있었다.

'아, 어느새 한 달이 넘게 지났구나.'

그가 드디어 남은 위자료를 보내준 거다. 나와 약속했던 금액보다 더 큰 금액이 들어왔는데 아마 그의 마음일 거라고 생각했다.

한동안 알람을 바라보고 있다가, 왠지 곧 전화가 올 것 같아 주방으로 가서 물을 한 모금 따라 마셨다. 괜히 큼큼거리며 목소리도 가다듬었다. 예상대로 잠시 뒤 그에게서 전화가 걸려왔으나, 왠지 바로 받기 어려웠다. 이게 우리의 마지막 전화가 될 거라는 걸 알고 있었으니까.

"······여보세요."

"자기야, 나야. 통화돼요?"

여전히 목소리는 좋지 않다. 목소리만 들어도 여전히 힘들게 하루하루 버티며 살고 있음이 느껴졌다.

"응, 괜찮아요. 방금 입금해준 거 확인했어요. 돈 마련하느라 힘들었을 텐데, 고마워요."

"아니야, 늦게 줘서 미안해요."

회사 주가가 많이 떨어져 돈을 구하기 힘들었을 텐데, 어떻게 구한 거냐 물어볼까 하다가 말았다. 이제 남인데 그런 걸 물어서는 안 됐다.

"건강은 어때요? 코로나는 안 걸렸고?"

그가 안부를 물어왔다.

"응, 아직 안 걸렸어요. 우리 가족들 다 안 걸렸어."

"다행이다. 그래도 계속 조심해요. 요즘 유행하는 건 안 걸린 사람들이 더 쉽게 걸린다더라."

"응, 그래야지. 당신은요? 몸 아픈 데는 없고?"

"나야 늘 똑같지. 좋지 않은 상태로 쭉."

그가 살짝 웃으며 농담 반 진담 반처럼 말했다. 나와 함께 살 때도 건강이 좋은 편은 아니었다. 반복되는 야근 때문에 스트레스가 심해서 잠도 깊게 못 자고, 거북목과 허리 통증 때문에 한동안 치료도 받으러 다녔다. 여전히 그럴 거라는 걸 알기에 마음이 좋지 않았다.

"고양이들은 별일 없고요?"

고양이들이 잘 지내는지 궁금했다. 지금도 매일 사진을 보며 그리워하고 같은 동영상을 몇 번이나 반복해 보고 있었으니까.

"응, 둘 다 잘 지내고 여전히 밥 잘 먹고 둘째가 누나 쫓아다니면서 스토킹하고 그러지. 둘째는 가끔 무른 변을 봐서 병원 데려가서 약 지어 먹였는데 지금은 괜찮아요."

"그랬구나. 당신이 회사 다니면서 고양이들 돌보는 것까지 하느라 많이 힘들죠?"

"아니야, 그런 건 하나도 안 힘들어."

마지막 통화가 될 것 같아서, 그의 부모님 안부도 물었다. 두 분 다 연세가 있으셔서 건강이 좋진 않으셨다. 역시나 아프셨던 부분이 더 좋아졌을 리는 없고, 그냥 천천히 안 좋아지시긴 하지만 그래도 아직 괜찮다고 했다. 우리 부모님 안부도 묻길래, 별일 없이 잘 지내고 계신다고 말해줬다. 실제로는 얼마 전 아프셨지만 그걸 굳이 말할 이유는 없었다.

그리고 잠시 침묵이 흘렀다.

"돈은…… 더 보내주고 싶었는데, 얼마 못 보내서 미안해요. 나중에 자기가 힘들거나 도움이 필요하면 언제든, 언제든 나한테 연락줘요. 큰 도움은 못 주더라도 내가 해줄 수 있는 건 다 해줄 테니까."

여전히 참, 바보 같은 사람이다. 이미 약속한 돈보다 더 많이 입금해놓고선. 내가 정말 이기적이고 못된 사람이면 어쩌려고.

"아니에요. 그런 연락할 일 없게 내가 잘, 열심히 살 거니까 걱정 마요. 내 걱정 말아요."

"응. 자기야 워낙 잘살 걸 알지만, 그래도…… 그래도 내가 뭐라도 해주고 싶어서 그래."

"응. 알았어요. 그런 일 없게 하겠지만 그래도 고마워요."

그리고 또 흐르는 찰나의 침묵. 어떤 말을 이어가야 할지 모르겠다. 나의 근황을 자세히 말할 수도, 그의 계획을 자세히 들을 수도 없다. 우리는 이제 더 이상 그 어떤 이야기도 할 이유가 없는 사이이니까.

"자기야, 나는……."

나를 부르는 수화기 너머 그의 목소리가 이미 울고 있음이 느껴졌다. 7년 넘게 함께하면서 그가 내 앞에서 운 건 5번이 채 되지 않았다.

"나는 요즘 자기 꿈을 꾸는 빈도가 조금 줄었어. 그게, 그게 참 싫더라. 이렇게 점점 흐릿해지면 정말…… 자기랑 정말 끝인 것 같아서, 그게 너무 힘들어."

다행이란 생각이 들면서도 한편으로는 묘한 감정이 들었다. 그 감정은 뭐였을까. 지금 와서 생각해보면 나 역시 그날까지도 우리가 아직 진짜 끝난 사이가 아니라고 생각했던 것 같다. 멍청하게도.

"돈을 보내면서…… 이 돈을 보내면 이제 정말 더는 연락할 수 없다는 생각이 들어서 믿기지 않는 기분이었어. 그동안은 그냥 여전히 우리는 부부인데, 따로 떨어져 있을 뿐이라고 착각이라도 할 수 있었거든. 난 아직…… 자기랑 헤어진 게 아니라고."

점점 더 그의 목소리에 울음이 섞이고, 숨이 거칠어지는 게 느껴졌다. 그리고 그가 나지막이 말했다.

"정말로 다음 생에, 다음 생에서라도 딱 한 번만 나에게 더 기회가 있다면…… 제발."

울음을 삼키며 어렵게 말하는 그의 목소리를 듣고 있자니, 나도 눈물이 왈칵 고였지만 꾹 참고 참았다. 아니, 사실 참지 못했다. 이미 난 울고 있었지만 핸드폰 마이크 부분을 가리고 어떻게든 그가 듣지 못하게 노력했다. 내 우는 목소리를 들으면 분명 그가 더 나를 못 끊어낼 테니까.

그가 통화를 어떻게든 이어가려고 하며, 전화를 끊기 힘들어하는 게 느껴졌다. 그대로는 나도 전화를 끊지 못할 것 같았다. 마음을 굳게 먹고 그때의 내 진심을 담아 마지막으로 그에게 말했다.

"난 당신 때문에 힘들었던 순간도 많았지만, 행복했던

순간도 많았어요. 그러니 지나간 일로 계속 괴로워하지 말고 건강하게 잘…… 잘 살아요."

그래, 그게 내 진심이었다. 그와 함께한 여행, 산책, 대화, 공유한 시간 중 아름다운 기억이 훨씬 많았다. 그랬기에 우리는 7년이나 함께 살 수 있었다.

수화기 너머에서는 아무 대답도 없이 더 큰 울음소리만 들려왔다.

"울지 말아요."

"응…… 응……."

그가 어떻게든 조금이라도 진정하며 마지막으로 말했다.

"자기야, 미안한데, 난 도저히 전화 못 끊을 것 같으니까 먼저 끊을래요?"

계속해서 울고 있는 그의 목소리를 들으니 내 마음도 무너져 내리는 것 같았지만 정신 차려야 했다.

"응, 내가 먼저 끊을게요. 잘…… 있어요."

그의 울먹이는 소리를 마지막으로, 그렇게 통화 종료 버튼을 눌렀다.

통화를 마치자마자 큰 소리로, 마지막으로 나 역시 목놓아 울었다. 작년 11월 이사하던 날보다 더 크게. 어둡고 텅 빈 이 집에는 어차피 나밖에 없고 누구도 신경 쓸 필요 없으니까. 아무 미련도 원망도 후회도 남지 않게, 더 서글프게 울었다. 내가 철든 이후에 이렇게 크게 울어본 적이 있나 싶을 정도였다.

이제 정말 마지막인 거다. 이제 정말 그와의 인연은 끝인 거다.

7년간 함께해온 내 가장 오랜 동반자. 난 그와 함께할 때 정말 행복했고, 그래서 더 불행했지만, 그럼에도 불구하고 이 인연을 후회하고 싶지 않다.

그를 만난 이후 내 삶은 좋은 쪽으로 바뀐 게 많았다. 그의 성실하고 우직한 면을 닮고 싶어서 일상을 더 열심히 살았고, 소소한 행복이 정말 소중하다는 걸 깨달았고, 평생 잊지 못할 사랑하는 고양이들을 만날 수 있었다. 서로를 존중하며 함께 성장하는 관계를 만드는 데서 보람을 느꼈고, 진짜 마음을 터놓고 모든 이야기를 할 수 있는 평생의 친구를 만나는 행운이란 참 드물고도 귀하다는 것도 알게 되었다.

이제 지난 아픔도, 미움도, 잊어버리려 한다.

마지막 인사에서 차마 행복하라는 말까지는 하지 못했
다. 하지만 그 마음도 분명 머지않아 올 거라고 생각한다. 미
움도 증오도 내 마음에 오래 남을 리 없으니까.

우리의 이 마지막 인사를 훗날 추억하는 때가 올 텐데,
그때의 나는 분명 지금보다 더 행복한 사람이 되어있을 거다.
나를 사랑해주고 성장시켜준 그도 부디 그랬으면 좋겠다.

30대 돌싱은
어떻게 연애를 시작하나

———

요즘 만남 플랫폼 훔쳐보기

그와 마지막 통화를 한 후, 이제 나도 앞으로 나아가야겠다는 마음이 들었다. 그러고 보니 정신없이 바쁘게 살았다. 법적 이혼을 한 후 1년이 다 되어가는데 여태 연애 한 번 안 하고 있다. 벌써 30대 후반인 나이인데 더 늦으면 더더욱 기회가 없을 게 뻔하다 싶어, 뭔가 노력해야겠단 생각이 들었다.

몇 개월 전 돌싱 카페에 가입했다가 두 시간 만에 탈퇴했으니, 그런 방법 말고 오프라인에서 실제로 사람을 만날 기회를 만들어야 했다. '집–회사–집–회사'의 패턴만 반복하는 삶에 연애가 끼어들 틈은 없으니까.

하지만 대놓고 만남 앱이나 결혼정보회사에 가입하는 건 나와 맞지 않는다는 걸 지난 돌싱 카페 경험 덕분에 충분히 알고 있었다. 그리고 아직까지 대놓고 연애를 시작하기엔 마음이 준비가 안 된 것도 사실이었다.

어떻게 또래들을 만나서 자연스럽게 친구라도 사귈 수 있을까 고민하다가, 20대 후반에 열심히 했던 독서모임이 생각났다. 직장인 독서모임이었는데 요즘도 흔히 있는 그런 모임이다. 격주에 1번 만나서 읽은 책에 대해 이야기하고, 2차로 식사를 하거나 술을 마시며 친해지는, 전형적인 자만추(자연스러운 만남을 추구하는 연애관) 방법이었다.

책을 워낙 좋아하니 가장 좋은 방법일 것 같아서, 혹시 연령 상관없이 들어갈 수 있는 독서모임이 없나 찾던 중 '트래바리'라는 서비스를 알게 되었다. 검색하며 전체적으로 쭉 살펴보았다.

'아, 이건 정말 돈을 들여서 독서만 하기에는 좋아 보이네.'

책과 관심사에 대한 취향이 비슷한 사람을 만나긴 좋아 보였지만 일단 나처럼 가난한 1인 가구에겐 금액이 너무 비쌌다. 모임 빈도도 월 1회라 자연스레 친구들을 만나고 싶은 사람에게는 맞지 않아 보였다.

다른 걸 찾아봐야겠다 싶었는데, 연관검색어로 '문토', '프립' 같은 키워드가 떴다.

'이건 또 뭐지?'

호기심에 바로 검색해서 앱을 깔아보았다.

오! 세상은 내가 기혼자로 사는 동안 많이 달라져 있었다. 일회성으로 일정 금액을 내고 만나서 공통의 관심사나 주제로 시간을 보낸 뒤 쿨하게 헤어지는 단발성 모임 플랫폼이 많이 생겨나 있었다. 심지어 대상 연령대가 어느 정도 표시되어, 2030 모임에는 나가지 않도록 안전장치도 되어 있었다. 모임의 호스트들도 상세 설명에 본인 나이를 밝히는 등 암묵적 연령 제한을 두는 것 같았다. (여기서 눈치 없이 '2030이니 30대 후반도 되는 거 아냐?'라고 착각하면 곤란하다. 2030이라고 소개된 모임 대부분은 20대 후반~30대 초반이 메인이다.)

눈팅을 해보니 아예 3040이라고 타이틀을 단 모임이 많았다. 가벼운 와인 모임, 캠핑 모임, 드로잉 수업까지, 취미를 함께하며 자연스럽게 친해지는 건데 나쁘지 않아 보였다. '문토'는 참가비 자체가 없어 번개처럼 만나기 쉬워 보였고, '프립'은 좀 더 클래스나 1일 체험에 특화되어 있다는 게 차이점이었다. 그 외에 '남의집', '소모임'처럼 더 특화된 만남 플랫폼도 있었다.

'내가 집에서 남편과 고양이들과 놀고 있을 때 세상이 이렇게 많이 바뀌었다니!'

새로운 사람을 만나고 새로운 경험을 해보는 걸 좋아하는 성향인 나에게 꽤나 매력적인 플랫폼들이었다. 모임들을 알게 된 후, 출퇴근 길에 이런저런 모임을 검색해보는 게 나의 루틴이 되었다.

검색을 한 달 넘게 했지만 막상 나가려니 용기가 잘 나지 않았다. 하지만 이러다가 영영 시작도 못 할 것 같아서, 용기를 내어 3040을 대상으로 한 와인 모임에 나가봤다.

주말 저녁에 만나는 모임이었는데, 그날 모임에 온 사람들은 아무도 눈치 못 챘겠지만 나가기 전까지 정말 긴장을 많이 했다. 무려 8년 만에 자발적으로 새로운 모임에 나간 거니까. 결혼생활 동안은 배우자에게 괜한 걱정을 끼치고 싶지 않기도 했고, 술을 즐기지도 않아서 원래 알던 지인 모임을 제외하곤 새로운 모임에 나간 적이 없었다.

긴장과 함께 한편으론 걱정이 많이 되었다. '당장 내가 여기서 이성을 만나겠다는 건 아니지만, 혹시 돌싱은 이런 데 나오면 안 되는 걸까. 눈치 없고 개념 없는 사람이 되는 걸까.' 하는 걱정이었다.

하지만 돌싱을 대상으로 한 모임은 애초에 찾기 어렵고, 굳이 이혼이라는 상처를 공유하거나 비슷한 상황을 겪은 사람들을 만나 서로 위로해주고 싶은 생각이 내게는 없었다. 내가 죄를 지은 것도 아니고, 그저 유쾌하게 만나서 웃고 취미를 공유하는 친구를 만나고 싶은 거니까. 돌싱을 제한 조건으로 두지 말자고 마음먹고 용기를 내서 모임에 나가보았다.

처음 나간 와인 모임은 운이 좋게도 모인 사람들이 다 좋은 사람들이었다. 더더욱 운 좋게도 서로 대화가 꽤 잘 통하고 관심사가 비슷해서 마음을 열고 자주 만나는 사이가 되었다.

친해지는 건 정말 기뻤지만, 마음 한편은 계속 찜찜했다.

그들은 내가 돌싱인 걸 모르는 상태니까. 괜한 찜찜함을 만들지 말자 싶어서, 몇 번의 만남 이후 내가 돌싱임을 솔직히 밝혔다. 역시 예상대로 다들 괜찮다고, 멋있다고 응원해줬는데 그게 오히려 살짝 부담스러웠지만 뭐 괜찮다 싶었다. 솔직하게 나 자신을 드러냈을 때 사람들과 더 깊은 관계가 된다는 걸 잘 알고 있었고, 이번에도 역시 양심 고백(?)을 하고 나니 사람들과 더 친해지는 계기가 되었다.

와인 모임은 한 달에 1~2회 정기적으로 열리며, 신규 멤버가 계속 들어왔고, 불과 2~3개월 만에 전체 인원이 40여 명 가까이 되는 제법 큰 모임으로 성장했다. 다양한 직업, 거주지, 연령이 섞여 있었음에도 모두 매너 있고 사이좋게 지내는 드물게 좋은 모임이라 생각해서 나도 한 달에 두 번 정도 모임에 꾸준히 참석했고, 사람들과도 대부분 친해졌다.

그렇게 모임 사람들과 점점 친해지던 어느 날.

"카톡!"

개인 톡이 도착했다.

연애 고자가 되는 건
8년이면 충분하더라

———

철벽녀가 나일 줄은

전남편과 처음 만나서 연애를 시작한 게 8년 전. 그 후 그를 제외한 누구와도 당연히 연애한 적도 썸을 타본 적도 없었다. 말하자면 난 연애 시장에 8년 만에 다시 뛰어든 풋내기인 셈이었다. 과거에 연애를 적게 해본 건 아니었지만, 8년 만에 세상은 많이 달라져 있었다.

일단 내 상황과 입장이 변했다. 누구와도 마음만 맞으면 바로 연애할 수 있던 나는 이제 없다. 결혼과 이혼을 이미 절절히 겪은 후라, 앞으로 연애는 하더라도 결혼은 하고 싶지 않았다. 물론 세상일은 알 수 없고, 미래를 확신해선 안 된다는 걸 누구보다 잘 알고 있지만 내 마음은 그랬다. 30대 후반에 연애를 시작하면 상대 남자는 대부분 결혼을 염두에 둔다는 걸 알고 있기에 함부로 시작하기도 어려웠다.

이런 고민을 친구들에게 털어놓으니, 명쾌하고 단순한 해답들이 돌아왔다.

"연하를 만나." (오호?)

"돌싱이라는 걸 친해지기 전에 말하지 마!" (음?)

"비혼주의라는 걸 왜 미리 말하는 거야?" (아!)

친구들이 오히려 내 얘기를 들으며 많이 답답해했다. 왜 그렇게 미련하고 정직하게 있는 그대로 말하냐고. 그게 바로 철벽이라고. 난 그냥 상대방의 시간과 감정은 소중하니까 결혼 생각 없는 돌싱과의 연애 때문에 시간 낭비하지 말라고 미리 사전고지를 하는 것뿐이었는데, 친구들은 하나같이 그게 바로 철벽이라는 거다.

어차피 결혼을 전제로 만나도 갑자기 헤어지는 게 연애인데, 굳이 처음부터 비혼이라고 말하며 연애를 시작도 안 할 필요가 뭐가 있냐는 얘기였다. 듣고 보니 그 말도 일리가 있다 싶었다.

돌싱인 것도 상대방이 사귀자고 하면 그때 말해도 늦지 않으니, 친구로 친해지는 과정에서 굳이 먼저 말할 필요는 없다는 얘기도 들었는데, 이건 조금 동의하기 어려웠다. '나중에 알게 되면 그만큼 더 배신감이 느껴지지 않을까? 아닌가, 사귀는 것도 아닌데 왜 배신감을 느끼지?' 하며 스스로도 판단이 왔다 갔다 했다.

와인 모임을 몇 번 나가다 보니 호의를 가지고 다가오는 남자들이 몇 있었다. 비슷한 연령대에서 만나다 보니 대화도 잘 통하고, 그중에는 왠지 나와 잘 맞을 것 같은 사람도 없지 않았다.

그중 몇 사람에게서 개인 메시지가 왔다. 그들도 처음부터 연애를 목적으로 다가오는 느낌은 아니었고, 어제 잘 들어갔냐는 메시지이거나 덕분에 재밌었다는 가벼운 인삿말들이었다. 경험과 느낌상 살짝 호감 한 스푼을 넣은 인사가 아닌가 싶었는데, 일단 직접적인 접근은 아니라 나도 으레 하는 가벼운 답장을 보냈다. 상대가 더 대화를 이어 나가려고 해도 난 이렇게 답문을 보내고 말았다.

'네 ㅎㅎ 그럼 좋은 하루 보내시고요. :)'

이따위 답장을 보내며 암묵적인 카톡 종료를 선언했으니, 누가 접근하려 해도 할 수 없게 만들고 있는 셈이긴 했다.

생각보다 8년간 쉰 연애 세포는 쉽게 깨어나지 않았다. 지금 나에게 오는 이 메시지가 이성으로서의 호감인지, 친구로서의 호감인지도 구분이 잘 안 됐고, '남녀 사이에 친구가 어딨어? 이건 그린라이트야!'라고 생각해버리기엔 내가 너무 공주병인가 싶어 망설이게 됐다.

가장 혼란스럽고 낯설게 느껴지는 건 상대의 이런 호의를 있는 그대로 받아들이기도 기뻐하기도 어려워진 내 마음이다. "J님은 마음만 먹으면 누구든 사귈 수 있을 것 같은데요."라는 말을 들어도 있는 그대로 받아들이면 안 된다고 생각하게 된 거다. 이 정도 멘트는 예의상 얼마든지 빈말처럼 할 수 있다는 걸 너무 잘 아는 나이니까.

늘 밀당 없이 솔직하게 사람을 대했고, 연애도 그렇게

해왔던 난 겁쟁이가 되었다. 이 나이에 새로운 연애를 시작하려니 모든 게 낯설고 생소하기만 했다. 8년 만에 다시 뛰어든 연애 시장은 참 쉽지 않구나를 느끼며, 기왕 이렇게 된 거 딱히 누구를 만나서 연애하기보다, 일단 친구 관계만 잘 유지하며 내 마음이 변하는 순간을 자연스레 기다려 보는 게 좋지 않을까 싶었다.

그렇게 마음먹은 지 얼마 되지 않아, 전혀 생각지 못한 전화를 한 통 받았다. 예상치 못한 우연한 인연의 시작이었다.

혼자 갈지 않은 나 홀로 제주

우연한 인연

여행을 좋아하는 편이다. 결혼 전에는 혼자 유럽 여행도 가봤고, 결혼 후에도 그와 매년 한두 번은 해외여행을 갔다. 대부분 내가 여행을 계획하면 그는 따라오는 식이었지만, 내 계획에 그는 늘 잘 따라줬고 체력과 여행 취향이 비슷한 편이라 여행메이트로 궁합이 좋았다.

이혼 후 1년간은 놀라울 만큼 한 번도 여행을 가지 않았다. 코로나이기도 했고, 바쁘기도 했고, 면허도 없이 어딜 가긴 힘들지 않을까 하고 망설였다. 아니, 솔직히 바쁘다든가 차가 없다든가 하는 핑계를 대며 여행을 미룬 게 사실이다.

커플, 부부, 가족들이 함께 있는 여행지에서 혼자 온전히 행복할 자신이 아직 없었으니까.

　혼자 여행 가는 게 왠지 걱정돼서 안 간 지 오래 되었다고 말하니, 비혼인 친구들이 혼자 하는 여행이 얼마나 재미있고 편한지 친절하게 알려주었다. 게스트하우스에서의 우연한 만남도 재밌고, 혼자 가면 맛집에서도 1인석으로 바로 들어갈 수 있다는 데 솔깃했다.

　어차피 이제부터 익숙해져야 할 나 홀로 여행. 망설이지 말고 가보자 싶어서, 정말 즉흥적으로 2주 뒤 출발하는 제주도행 항공권을 끊었다. 제주도는 그와 연애할 때 가보고 처음이니 무려 8년 만이다.

　3박 4일 일정인데 예산도 아끼고 새로운 경험도 해볼 겸 2박은 게스트하우스를 예약했다. 4인실 도미토리로 할까 하다가, 예전 유럽 여행 때 혼숙 도미토리에 묵었다가 못 볼 꼴을 제법 봤던 기억이 떠올라서 1인실로 예약했다.

　'그러고 보니 국내에서 게하를 이용해보는 건 처음이네?'

이번 여행은 시작부터 생전 처음 해보는 것 투성이라, 왠지 더 설레고 신이 났다.

모임 친구들과 이야기하다가 다음 주에 혼자 제주도에 간다고 말했더니, 한 사람이 놀라면서 물었다.

"어? 언제 출발하는데요? 나도 다음 주에 제주도 가는데?"

"진짜요? 전 토일월화 3박4일로 가요."

나도 눈을 동그랗게 뜨고 대답했다.

"어? 저랑 겹치네요. 전 일월화 가는데."

그 사람도 눈이 커지면서 신기하다는 듯이 웃었다.

살다 보니 이런 우연도 생긴다. 어차피 그 넓은 제주도에서 만날 일은 없겠지만, 지나가는 말로 "우연히 만나면 밥이나 같이 먹어요."라고 말하고 말았다. 각자 일정이 있을 테니 이제 와서 여행 일자가 겹친다 한들 뭐 상관없으니까.

여행을 3일 앞둔 수요일 저녁이었다. 저녁을 먹은 후 여행 가방을 대충 싸는 중이었다. 오랜만의 여행이라 어떤 옷을 입을지, 어떤 걸 가져갈지 은근히 고민이 되었다. 사실 지갑과 신분증, 핸드폰만 잘 챙기면 나머지는 현지에 가서 다 구할 수 있다는 걸 알면서도, 여행은 원래 짐을 싸는 것부터 즐거운 법이니까.

신나게 고민하며 짐을 싸는데 카톡이 왔다. 이 시간에 누군가 싶어서 열어보니, K였다. 제주도 일정이 겹치는 그 사람. 제주도 스노클링 명소 유튜브 링크를 보낸 거였다. '뭐지? 여기 가보라고 추천하는 건가?' 하고 유튜브를 틀어서 보고 있는데, 카톡이 한 번 더 왔다.

"지금 통화돼요?"

두근. 이게 뭐라고 순간 두근거렸다.

'네, 돼요.'라고 답장을 보내자 10초 뒤 바로 전화가 왔다. 전화를 받았더니 "뭐 하십니까?" 하며 장난스럽게 말을 걸어왔다. K와는 이미 모임 외에도 사적으로 두세 번 만나며 친해진 후였으나, 전화 통화는 처음이었다.

"안녕하세요. 여행 짐 미리 챙기고 있었죠. K님은요? 여행 가서 뭐 하고 놀지 생각하고 계셨어요?"

"퇴근하고 너무 피곤해서 소파에 누워있었어요. 스노클

218

링 해보고 싶어서 유튜브 보다가 생각나서 연락했는데, 혹시 J님 스노클링 해봤어요?"

"네, 전 사이판에서 해본 적 있어요. 재밌어요! K님 아직 안 해봤으면 이번에 제주도 가서 해보세요."

"해보고 싶은데, 여행 같이 가는 친구는 물을 안 좋아해서 같이 못할 것 같아요. 그래서 말인데, 혹시 제가 하루 일찍 갈 테니까 토요일에 같이 스노클링 할래요?"

'어라, 비행기표를 바꾸면서까지 하루 일찍 온다고? 우리가 그 정도로 친했나?'

예상 못한 제안에 놀라며 잠시 생각해보니, 만난 지 3개월 사이에 이 정도면 그래도 꽤 친해지긴 한 것 같다. 모임에서도 그렇고 사적으로 만났을 때도 그렇고, 딱히 흑심이 있거나 날 부담스럽게 하는 사람도 아니어서 하루 여행을 같이 다니는 건 문제없지 않을까 싶었다. 지금 나는 누구랑 뭘 해도 괜찮은 자유로운 신분이니까, 새로운 경험을 하는 것에 망설이지 말자고 마음먹었다.

"저야 뭐, 토요일에 뭐 할지 아직 안 정한 상태라 괜찮긴 해요. 비행기표는 있어요? 숙박도 하루 더 잡으셔야 할 텐데."

"잠깐만요, 지금 알아볼게요. J님 묵는다고 한 게스트하우스가 어디였죠?"

"XX게스트하우스요. 김녕 쪽에 있어요."

K는 나와 통화를 이어가며 컴퓨터로 검색을 해보는 것 같았다.

"아, 마침 그날 1인실 하나 더 비어있네요. 이거 바로 예약할게요."

통화 중에 숙소를 예약한 뒤, 렌터카와 비행기표는 변경하고 다시 알려준다며 통화를 마쳤다.

불과 30분 사이에 벌어진 기묘한 우연과 인연.

어릴 때라면 '뭐야 운명인가 두근!' 하며 혼자 설레발치고 상상의 나래를 펼쳤을지 모르지만, 철벽녀로 공인받은 나는 그런 착각은 금물이라고 또 미리 선을 그었다. K는 모임에서 추파를 던진 사람도 아니고, 스스로도 연애 생각이 전혀 없다고 이전부터 누누이 말해온 사람이라 모임 사람들도 '그냥 노는 게 좋으신가 보다.' 하고 말했기 때문이다.

여행은 이제 3일 뒤로 다가왔다. 이 우연한 동행은 어차피 딱 1박 2일만 이어질 테지만, 나로서는 혼자서는 못 가볼 맛집에도 같이 갈 수 있고 사진도 서로 찍어줄 수 있으니 나쁘지 않아 보였다.

기왕 이렇게 된 거 이 제안을 맘껏 즐겨보고 싶었다. 연애할 마음이 없다고, 친한 친구가 되지 말란 법은 없으니까.

나 홀로 여행에 끼어든 반가운 불청객 덕분에 제주 여행이 조금 더 설레기 시작했다. 이런 설렘도 싱글만이 누릴 수 있는 기분이라 생각하니 돌싱도 제법 할 만했다.

웃으며 안녕, 설레며 안녕

결혼 전에도, 이혼 후에도, 그리고 지금도

평생 반려자가 사라지니 내 삶이 예상치 못한 방향으로 달려가기 시작했다.

8년 만의 제주도는 날이 무척 좋았다. 별 고민 없이 예약했던 게스트하우스는 길고양이 가족이 터를 잡고 있는 작은 단층 주택이었는데, 딱 내가 생각했던 대로 아기자기하고 조용해서 마음에 들었다.

내가 먼저 게하에 도착해서 기다리고 있었는데, K가 렌터카를 끌고 숙소에 도착했다. 바로 아침을 먹고 스노클링을 하러 갈 예정이었기에 K가 숙소에 도착하자마자 그의 차에 올라탔는데, 타면서 서로 얼굴을 보는 순간 왠지 둘 다 웃음이 터졌다.

"아니, 왜 제주도에 계신 거예요. 크크. 우리가 왜 여기서 만나요?"

내가 농을 건넸다.

"크크. 그러니까요. 왜 이렇게 낯설지? 맨날 서울에서 보던 사람들이 왜 제주도에서 같이 차를 타고 있대요?"

그도 내 말을 받아치며 같이 웃었다.

숙소 근처 바닷가로 갔는데 날은 약간 흐렸지만 스노클링 하기에는 문제없는 날씨였다. 장비를 대여하고 옷을 갈아입은 뒤 바닷물에 발을 담갔다. 차가운 바닷물이 내가 지금 제주도에 와있음을 실감케 했다. 바다는 전남편과 사이판에 갔던 이후 처음이다. 간만의 바다는 아름답고 눈부셨다.

K는 원래 물과 수영을 좋아해서 방법을 알려주니 금방 스노클링에 적응했다. 정작 내가 수영을 못 한다고 했더니 K가 잘 가르쳐준 덕분에 나도 수영 연습을 살짝 하게 되어 같이 두 시간 넘게 물놀이를 할 수 있었다. 이것만으로도 이래

저래 서로 윈윈(Win-win)한 만남이다 싶었다.

오랜만의 스노클링이 전남편과 함께했던 사이판을 떠올리게 했지만, 그냥 좋았던 여행 추억 정도로 스쳐가는 걸 보면, 확실히 내 마음이 차근차근 회복되고 있음을 느낄 수 있었다.

두 시간 정도 물에서 놀았더니 금방 체력이 떨어졌다.

"배고프지 않아요? 먹고 싶은 거 있어요?"

"이럴 때는 역시 고기죠!"

내가 단호하게 말하자, K도 고개를 끄덕이며 바로 제주 흑돼지를 먹으러 갔다. 고기를 먹으며 같이 한라산 소주를 마셨는데, 한 시간도 안 돼서 고기 3인분과 소주 1병을 비웠다. 만족스러운 식사를 마친 뒤 배가 불러오자 숙소로 돌아가서 각자의 방에서 낮잠을 자며 체력을 회복했다. 30대 후반의 체력은 역시 어릴 때와는 다르다는 걸 느꼈다.

낮잠을 푹 자고 일어나니 또 배가 고파졌다.

"점심이 고기였으니까 저녁은 회?"

"콜!"

저녁으로 광어회와 한치회를 포장해서 게스트하우스의

식당에서 위스키와 함께 먹었는데, 한치회가 특히 신선하고 감칠맛이 돌아서 최고였다. 회를 다 먹은 뒤 술도 깰 겸 숙소 주변을 산책하며 편의점에 들러서 후식으로 아이스크림을 사 먹었다. K와 이런저런 얘기를 나누며 걷는데, 문득 이 일련의 과정이 왠지 전남편과 함께했던 여행처럼 편안하고 즐거웠다.

K와는 당연히 서로 선을 넘지 않고 오직 여행 친구로 재밌는 시간을 보냈을 뿐인데, 그럼에도 이렇게 편안하게 여행을 즐길 수 있다는 사실이 신기했다. 그동안 여행은 남편이나 남친하고만 해봤지, 남자 사람 친구(Just Friend)와 해본 적은 없었지만 이런 여행도 나쁘지 않다는 생각이 드는 새로운 경험이다.

제주 여행 이후에도 여전히 우린 친구로 지내고 있다. 굳이 말하자면 모임의 다른 사람들에게는 말하기 애매한 관계가 되어버린 좀 더 친한 친구. 1박 2일 동안 제주를 같이 여행했다고 누군가에게 말할 수도 없고, 그 후에도 둘이 만나서 밥을 먹거나 술을 마셨다고 말하기도 애매했다. 그 말을 하면 분명 둘이 사귀는 거 아니냐고 할 게 뻔하니까.

K는 모든 사람과 친하게 지내는 성격이 아니고 말수도 많은 편이 아닌데, 이상하게 나오는 대화 코드나 취향이 맞아서 금방 친구가 되었다. 둘 다 비혼주의에 연애에 당장 뜻이 없다는 점이 맞아서 더 친구로 지내기 편해진 것일 수도 있다. 서로 연인이 없는 상황이고, 남녀 관계는 어찌 될지 알 수 없으나, 암묵적으로 당분간 이 관계를 지속할 거라는 느낌이 들었다.

이런 애매모호한 관계는 생전 처음이다. 친구들이 들으면 이혼 후 애가 다 포기하고 막 사는 건가 싶을 수도 있겠다. 내 성격이 변한 것도 있지만, 기왕 두 번째 인생을 시작했으니 안 해본 관계도 경험해보자는 마음이 크다. 주변 사람들이 제발 미리 철벽 치지 말고 친구 관계를 다양하게 만들어보라고 조언해준 것도 영향을 줬다.

이 새로운 만남과 인연이 앞으로 어떻게 흘러갈지 아직 알 수 없다. 그러나 내가 이런 규정할 수 없는 말랑한 관계 속에 있는 상황도 작년까지의 나는 상상도 못 했던 일이다. 이 낯설고 불편하면서도 조금은 설레는 상황을 즐기고 있는 것도 돌싱이 된, 아니 싱글이 된 사람만이 누릴 수 있는 즐거움

아닐까 싶어 슬며시 웃음도 난다.

그와 헤어진 뒤 1년간, 내 인생은 예상치 못한 방향으로 끝도 없이 흘러왔다. 회사는 그냥 영혼 없이 다니며 월급이나 받는 곳에 불과했는데, 일에 더 몰두하고 책임감을 가지다 보니 승진도 하고 연봉도 올랐다. 맥주 한 캔도 못 마시던 내가 위스키와 와인에 입문하게 되었고, 와인 모임에 나가며 새로운 친구들도 사귀었다. 혼자 블라인드도 달 수 있게 되었고, 글을 쓰며 작가의 꿈도 꾸기 시작했다.

무엇보다도 이혼의 상처가 생각보다 많이 옅어졌음을 스스로 느끼는 순간이 많아졌다. 그를 미워하고 증오하던 마음도, 나보다 불행한 사람은 없을 것 같다며 울었던 지난날들도, 혼자 있는 집 안에서 공허하고 외롭던 마음도, 지금은 떠오르지 않는다. 몇 년이 지나도 낫지 않을 것 같던 상처는 어느새 흔적만 조금 남아 새 살이 돋을 준비를 하고 있었다.

작년 가을, 내 인생 하나의 막이 끝났고 다음 막을 열기까지는 오랜 시간이 걸릴 거라고 생각했다. 하지만 문득 뒤돌아보니 매일 멈추지 않고 조금씩 장막을 걷어가며 열심히 나 자신을 위해 살아온 내가 있었다. 결혼 전에도 나는 나였고, 이혼 후에도 나는 역시 나였다. 스스로를 믿고 나다운 결정을 했던 작년의 선택은 틀리지 않았다.

울면서 그와 작별 인사를 했던 나에게 이제 웃으며 말해 주고 싶다. 상상도 못 할 만큼 설레는 내일이 기다리고 있으니 이제 더 밝게 웃으며 다가올 행복을 누리라고. 지금까지처럼 앞으로의 너도 분명 잘할 거니까, 아무 걱정하지 말고 계속 너답게 살라고.

괜찮습니다,
그때도 지금도 앞으로도

"무섭지 않으세요?"

어떤 독자가 내 브런치스토리 글에 달았던 댓글이었다. 아니, 한 명의 독자가 아니라 꽤 여러 명이 이런 걱정을 해줬다.

글을 통해 자기의 사생활을 너무 많이 노출하는 게 무섭지 않냐는 진심 어린 걱정.

전남편이 이 글을 보게 될까 무섭지 않냐는 조심스런 우려.

그리고 무엇보다도 혼자 살아가는 결정을 하는게 두렵지 않았는지, 자신은 그게 무서워서 나와 같은 선택을 하지 못했다는 댓글도 많았다.

무서웠다.

나의 이야기를 쓰다 보니 어쩔 수 없이 아무에게도 말하지 않았던 속마음을 보여주게 되었고, 심지어 예상치 못하게 브런치북 출판 프로젝트에서 상을 타고 책을 출간하게 되며 세상에 나의 사생활을 더 대놓고 보여주게 된 셈이다.

전남편이 내 글로 인해 다른 피해를 입게 될까봐 걱정스러웠다. 그는 이미 충분히 벌을 받았는데 이제 와서 또 한 번 벌을 받게 하고 싶지 않았다.

혼자 살아가는 건 그때도 지금도 무섭다. 이 공포심을 이겨낼 수 있을지 자신이 없어서 남편의 외도 사실을 알고도 5년이나 혼자 참으며 살았었는지도 모르겠다.

하지만, 무섭지 않다.

나를 있는 그대로 솔직히 드러내며 글을 썼더니 수 많은 독자로부터 응원과 지지를 받았다. 내 글이 누군가에게 용기와 희망을 줬다는 사실이 나에게 더 큰 고양감을 가져다주었다.

전남편이 혹시 내 글을 읽게 된다면, 내가 이 글을 쓴 이유를 알아줄 거라 생각한다. 나는 이제 괜찮다고, 당신 역시 우리의 마지막 통화 때 말했던 것처럼 잘 살고 있기를 바란다고 전하고 싶다.

그리고 혼자 살아가는 건 여전히 무섭고 때때로 외롭지만, 그럼에도 괜찮다고 꼭 말하고 싶었다. 결국 우리는 누군가와 함께 있든 혼자 있든, 무섭고 외로운 순간들을 견뎌가며 살아간다. 그 순간에 우리가 믿을 수 있는 건 소중한 배우자일 수도 있고, 든든한 부모님일 수도 있고, 내게 힘을 주는 자녀들일 수도 있겠지만, 정말 딱 한 명 변치 않는 내 편은 결국 나 자신뿐이라고 믿는다.

나는 늘 나를 믿어줬고, 나를 응원했고, 그래서 괜찮았다. 내 이야기를 읽어준 모든 독자들 역시, 스스로를 가장 아끼고 믿어주며 자신의 행복이 무엇인지에 귀 기울이는 삶을 살아 가시길 진심으로 응원한다.

2023년 여름
조니워커 드림